— 書き下ろし長編官能小説 —

ほしがり銭湯三姉妹

庵乃音人

竹書房ラブロマン文庫

目次

※この作品は竹書房ラブロマン文庫のために
書き下ろされたものです。

第一章　銭湯の艶姉妹

1

（こ、これは……！）

いけない行為だなどということは、言われるまでもなく分かっている。

だが草壁《くさかべ》寛《ひろし》はみんなに聞きたかった。

もしもあなたがこんな状況におちいっても、聖人君子の顔のまま立ちさることができるのかと。

少なくとも今夜の寛には無理だった。なにしろ魅惑の美人姉妹がそこにいる。

しかも、すっぽんぽんでである。

季節は十月を半分ほど過ぎたころ。秋の夜風はひんやりとしていたが、寛は悶々としてしまい、寒さなど感じない。

たとえ、そこに本命のその人がいなくとも……。

「ああ、疲れた……」

「ンフフ、ご苦労さま。マッサージルーム、今日は大盛況だったものね」

「こっちがマッサージしてもらいたいぐらいよ、ほんと」

二人の美女は「大岩風呂」と呼ばれる露天風呂の湯船にいた。

長女の浦上《うらかみ》亜矢子《あやこ》と次女の友希《ゆき》。

闇の中から出歯亀《でばがめ》されているとも知らず、亜矢子は真希の背後にまわり、膝立ちになって妹の肩を揉んでやる。

「まあ、ありがとう。姉さん……ああ、気持ちいい……」

「フフ、まあ、ほんとに凝《こ》ってる」

(わあ、亜矢子さんのおっぱいが)

寛は息を呑んだ。信じられない気分とは、まさにこのこと。自分はまだ、夢を見ているのではないかと疑いたくなる。

それほどまでに目のまえで起きていることは現実感が希薄だった。

次女の肩をかいがいしく揉んでいる亜矢子は、このスーパー銭湯「あやの泉《いずみ》」の女社長。北関東はX県のちょっとした小都市。ＪＲの駅を中心とした繁華街から少し離れた郊外に「あやの泉」はあった。

そんなスーパー銭湯の女社長が素っ裸で妹の肩を揉んでいる。無防備な熟れ裸身は、息づまるほど肉感的だ。

（うっ……）

ぐびり。

大きな音を立て、寛は唾《つば》を呑んだ。

先ほどまでの寝ぼけまなこはどこへやら。酔いつぶれるほど飲んだのに、いつの間にかすっかり覚醒し、心臓がバクバクと鳴っている。

ここは「あやの泉」自慢の露天大浴場。寛は丹精された日本庭園の藪《やぶ》の中に身をひそめていた。

客たちは、脱衣場を経由してしか入れないこの露天風呂。

だがじつは、岩風呂背後の植栽の裏には、スタッフが非常時だけに使えるようしつらえられた出入り口がある。

その存在を教えられていた寛は事務室にあった鍵《かぎ》を使い、そちらからこの場に忍びこんだ。罪の意識は半端《はんぱ》ではない。だが寛は不安や寂しさも手伝って、自分を律しきれなかった。

うしろめたさはあるものの、まだなお残る酔いのせいもあり、気が大きくなってもいる。

(ああ……やっぱりおっぱいでかい!)

寛は心で賛嘆の声をあげた。

数メートル先にまるだしになった亜矢子のおっぱいは、小玉スイカかマスクメロンかというみごとなボリューム。こんもりと、迫力たっぷりのまるみを見せつけ、肩を揉む動きにあわせてたっぷたっぷと重たげに揺れる。

服を着ていても、色の白さが印象的なむちむち美熟女だった。しかも、抜けるような美肌の透明さは、こんなふうに全裸になるといっそう際立つ。

大きな露天風呂の明かりは一部が消された状態だが、それでも姉妹たちの裸身はよく見えた。

明かりが心もとなく、闇の濃さが強い分、逆に肌の白さが鮮烈さを増している。

妹の肩を揉む美熟女は、胸もとのふくらみを見せつけた。たわわな乳房は、いかにもやわらかそうである。

この手でそっとつかんだら苦もなくふにゅりとひしゃげそう。亜矢子の乳を鷲《わし》づかみにする自分を想像したとたん、たまらず股間がキュンとうずいた。

（い、いかんいかん。なにを考えているんだ、ばか。俺には大事な人が――）

「えぇ、そんなお客さんがいたの？」

「そうなのよ。まいっちゃうでしょ。だから私さ……」

「ウフフ、そうなの？　ウフフフ……」

（あああ……）

反省しかけた小市民のハートを、姉妹はさらに虜《とりこ》にする。リラックスした会話をしながら、亜矢子はなおも友希の肩を揉んだ。

両手を前に伸ばしているせいで、豊満なおっぱいが左右から圧迫される格好になっている。そのせいでおっぱいが変形し、せりだされるようになっていた。

いやらしくひしゃげた乳が揺れる様は、それだけでかなりの破壊力だ。

亜矢子は三十七歳。

先代の社長は養子として浦上家に入った彼女の夫、貴史《たかし》だったが、三年前に交通事故で早世。以後は未亡人の彼女が社長を継いで経営をつづけてきた。

もっとも、知らない人がこの熟女を見たら、とても経営者などには見えないだろう。

楚々とした和風の美貌を持つ奥ゆかしい女性。

一重《ひとえ》の瞳はいかにも大和撫子《やまとなでしこ》的な魅力をはなち、ぽってりと肉厚な朱唇にはふるいつきたくなるようなエロスがある。

卵形の小顔をいろどるのは、背中までとどくストレートの黒髪だ。今は入浴するためにアップにまとめられ、これはこれで艶《つや》やかだが、髪をといたときの色っぽさにはこれまた男泣かせのものがあった。

男なら、誰もが鼻の下を伸ばしたくなる官能的な美熟女。それが「あやの泉」の経営者である亜矢子という未亡人だ。

しかも――。

(くぅう、乳輪……けっこう大きい)

闇の中で光る自分の目は、さぞギラギラと淫靡《いんび》な輝きを増しているに違いないと寛は思った。

おっぱいが大きいことは服の上からでも分かったが、よもやそのいただきに、こんな乳輪が隠れていたとは思いもよらない。

白くてまん丸な乳の先端をいろどるのは、デカ乳輪と言ってもオーバーではない艶《なま》めかしい乳輪。直径は三センチ、あるいは四センチはあるだろう。

色合いはセクシーなピンク色。日本人の女性としては、希少価値すら感じさせる美麗な色に思えた。

デカ乳輪の中央には、サクランボほどもあるおおぶりな乳首が鎮座している。

至近距離でしげしげと見ているわけではなかったが、秋の夜の冷気も手伝ってか、乳首はキュッと勃起しているかに見えた。

(って、俺のもこれ、マジでやばい)

勃起と言えば、寛の一物《いちもつ》もひとごとではない。

ふとそちらに意識を向ければ、スラックスの股間のあたりがジンジンと不穏な痛みをはなっている。

思わぬ刺激に反応し、ペニスが大きくなりはじめていた。

だがこんな眼福《がんぷく》ものの絶景を目にしてしまったら、おとなしくしていろと言うほうが無理かもしれない。たとえ心には、彼女たちではない別の女性が、しっかりと存在していたとしてもである。

「ありがとう、姉さん。はい、交替」

明るい声で言い、湯船で態勢を変えたのは妹の友希だ。

こちらは現在、三十二歳。結婚しており、苗字は浦上から牧野《まきの》に変わっている。整体師の資格を持っていて、「あやの泉」では主にリラクゼーションルームを統括している。

肩書きは専務取締役。ちなみに夫の牧野修平《しゅうへい》は、副社長として銭湯の裏方仕事を一手に引きうけている。

(ああ、友希さん。やっぱりスタイルいいなあ)

寛の下卑《げび》た視線は、亜矢子から友希に移った。

湯船から上体を出し、亜矢子のほうに向き直ろうとする全裸の友希に両目が釘づけになる。

そろいもそろって美人という意味では、たしかに血を分けた姉妹である。

だがその美しさは、姉の亜矢子とは種類が違った。

亜矢子がおっとりとした大和撫子的むちむち熟女なら、妹の友希はすらりと背が高くスレンダー。

モデルだと言われても信じてしまいそうなスタイルの良さに恵まれた美女だ。

おっぱいにもヒップにも亜矢子のような迫力はなく、どちらも小ぶり。伏せたお椀のような美乳はCカップ、八十センチぐらいではないだろうか。

バストのトップをいろどるのは、淡い鳶《とび》色の乳輪と乳首。姉のようなデカ乳輪ではなく、平均的なサイズの乳輪だ。

また「父親に似ちゃったのよね」と本人は自虐的に言うが、肌は南国美人のような健康美を感じさせる色艶である。

肩のあたりで毛先を波打たせるふわふわした髪は、明るい栗色だ。

顔立ちにもどこかエキゾチックなものがあった。切れ長の両目やスッと通った鼻筋にも、異国の美女めいたセクシーなものがある。

同じ姉妹でも、ずいぶん違うものだなと不思議になるほどだ。

「ほら、姉さん、そっち向いて」

「い、いいわよ、私は。友希みたいに肩が凝っているわけじゃないし」

肩を揉んでやろうという友希に、亜矢子は柳眉を八の字にして遠慮した。しかし押しの強さは、妹のほうが一枚も二枚も上手である。

「何言ってんのよ、そんなおっきいおっぱいぶら下げて。肩が凝らないわけないじゃない」

「な、なにを言って――」

「いいから、ほら」

「ああン……」

案の定、友希はいつものような強引さで、おとなしい姉をしたがわせた。とまどう未亡人に向きを変えさせ、湯に濡れた色っぽい背中を自分に向けさせる。

亜矢子の白い背中には、無数のしずくが流れていた。生々しい光沢をはなつ美熟女の背中は、背脂《せあぶら》感が半端ではない。

「少しでいいからね。私、あなたほど凝っているわけじゃないし。疲れているのに悪いわ」

「悪くない、悪くない」

亜矢子はなおも申し訳ながった。

そんな姉にいたずらっぽく微笑んで、友希は亜矢子の背後に膝立ちになる。形のいい美乳がたぷたぷと弾《はず》んだ。

「て言うかさ、姉さん」

するとと友希は、突然、獲物を見つけた肉食動物のように身がまえた。

「……えっ？」

「相変わらず……いやらしいおっぱいしてるじゃない」

「きゃあああ」

(うおおおっ！)

「ああ、ちょ……ちょっと友希ってば。あァン」

「ウフフ。やわらかい。いやらしいわよね、ほんと、姉さんのおっぱいって」

（こ、これは⁉）

寛は声を発しそうになり、あわてて口を押さえた。友希は亜矢子に背後から抱きつき、たわわな乳房を鷲づかみにする。

容赦ない妹の指につかまれて、やわらかな巨乳が形を変えた。

二つの乳首がそれぞれあらぬほうを向き、まん丸に張りつめていた乳肉がいびつな姿にふにゅりとひしゃげる。

「ちょ、ちょっと、友希！」

「ンフフ、いやらしいおっぱい」

……もにゅもにゅ。もにゅもにゅ、もにゅ。

「アァン。ちょ……やめて、友希……いや、ハアァン、放しなさい……」

背後から抱きつかれた未亡人は、首をすくめ、身体をまるめてあらがった。

だが友希は平気の平左だ。

「ムフフ、かわいい」

「えっ、ええっ？」

「姉さんってこういうところがかわいいのよね。私にも、姉さんみたいなかわいらしさがあったらな。あ、それとこんな大きいおっぱいも」

言いながら、さらに友希はネチネチとした指づかいで豊満な乳を揉みしだく。

「あああ、ちょ……も、揉まないで。なにをしているの、ばか。ああ、いや、やめてってば。アアァン……」

「へぇ、姉さんってこんな風にあえぐんだ。なるほど、なるほど。男はたまらないかもね。ねえ、もっと勉強させて。うり、うりうり……」

……もにゅ。もにゅもにゅ、もにゅ。

「ああン。ば、ばか。なにを言っているの。ちょ、ちょっと、放してってば。あん、乳首擦らないで」

「やっぱり感じる？　姉さんもけっこう感じやすい体質？　ハぁン、ほんといやらしい、このおっぱい」

友希はいたずらっぽい笑みを浮かべ、さらにねっとりとせりあげるように姉の乳を揉みこねた。

伸ばした指でスリスリと、大ぶりな乳首を右へ左へと擦りたおす。

（おお、エロい！）

「ハァン。な、なにを言っているの、ばか……」

「姉さん」

「……えっ」

「私やっぱり……ここはもう終わりにしたほうがいいと思うな」

「……ゆ、友希。あっ、ちょっと……ち、知里《ちさと》。ねえ、知里。知里おお」

（――っ。ということは、やっぱり知里さんもいるんだ！）

亜矢子は恥じらって身をくねらせ、背後を向いてその名を呼んだ。

知里とは、亜矢子たち姉妹の末の妹。

この場にいなかったため、彼女だけは帰ってしまったのかと勝手に思いこんでいた。

寛はいきなりテンションがあがる。

（じゃあ……やっぱり知里さんも……は、裸⁉）

ここはもう終わりにしたほうがいいと思うという友希の言葉は、たしかに引っかかってはいた。

いったいどういう意味なのか、皆目分からない。

だが、やはり目下の関心事は、知里がこの場にいるということだった。

「なにやってるの、友希姉ちゃん」

（あっ！）

そのとき、内風呂へと通じる出入り口の方からあきれたような声がした。

寛は胸をはずませ、声のした方を見る。

（うおおおっ！）

今度こそ、本当に雄叫《おたけ》びを上げそうになった。

手ぬぐいで前を隠し、寛の最愛の恋人が全裸で立っている。寛はもう少しで、鼻血を出しそうになった。

長姉の亜矢子とよく似た、むちむち体型の可憐な美女。ショートボブの黒髪。銀縁眼鏡のフレームの位置を、彼女は色っぽい挙措《きよそ》でそっと直す。

色白の裸身は、小さな手ぬぐい一枚ではとうてい隠しきれなかった。

ド迫力の丸いヒップが、横にも後ろにも息づまるほどの量感で、ダイナミックに盛りあがっていた。

2

寛は東京のＩＴ広告企業に勤務する会社員。

インターネットを使った宣伝・広告の仕事を、企画部の一員としてこなしていた。

自分で言うのもなんではあるが、平凡を絵に描いたような男とは、まさに自分のこと。入社して以来七年間、必死に仕事をおぼえ、少しずつ実績を積みはじめてこそいたものの、同期の連中と比べたら、やはり出世は遅れそうな気がしている。

今年、二十九歳になった。

来年はいよいよ三十の大台だというのに、仕事はおろか、プライベートもパッとしない。

入社したあとしばらくつきあっていた同期の女性は、トンビにさらわれる油揚げよろしく、先輩社員にものの見事にかっさらわれた。

だが誰がどう見ても、寛とその先輩社員なら、先輩社員のほうが見た目も将来性も軍配が上がる。

しかも、当の本人である寛までもがそう思ってしまうのだから話にならなかった。

ドラマチックなことなど、どこをどう探してもない平凡な毎日。寛は、この先の人生の展開になんら明るい展望は持てずにいた。

そんな彼が、大学時代の友人に誘われ、二人である居酒屋に入ったのは、今から三カ月ほど前のある晩のことだ。

例年より驚くばかりの早さで梅雨《つゆ》が明けたと思ったら、戻り梅雨とも思えるグズグズした気候がつづく、どんよりと空の重たい七月半ばのことであった。

偶然同じ居酒屋に、友人が仕事で必要にせまられて簿記学校に通っていたときの同窓の女性とその女友だちがいた。

友人は酒の酔いにまかせ、別の席で飲んでいた彼女たちを同じ席に誘った。

そして、友人と同窓だったというその女性と出逢ったことで、寛の人生は一夜にして急展開したのである。

その女性こそが、知里だった。

浦上知里、二十七歳。

銀縁の眼鏡をかけたショートカットのその人は、愛らしさとどこか硬質な気立ての双方がひとつの身体に同居していた。

言い方を変えるなら、キュートなのにちょっとミステリアスな感じもする女性。

まじめで堅物な印象と同時に、笑ったときにふいに現れる、ハッとするような可憐さをあわせもっている。

色白でどこか小動物を思わせる、父性本能を刺激される雰囲気。

眼鏡を拭くため、一度だけ知里はそれをとったが、眼鏡の下から現れた素顔には、さらに男心を魅了するチャーミングさがあった。

くりっと大きな瞳が、くるくるとよく動く。

まるみを帯びた鼻梁には、どこか男好きのするものが感じられた。ぽってりと肉厚な朱唇にも、つい寛はぞくっとなった。

まだ女子大生だと言われても、おそらく信用してしまいそうなあどけなさ。

それなのに、首から下のボディはみごとにむちむちしているところにもノックアウトされた。今にして思えば知里と亜矢子には、美貌ともっちり女体というよく似たところがある。

知里は大学を卒業したのち、件《くだん》の簿記学校で簿記を学んでから家業を手伝いはじめたという。

聞けば家業は、スーパー銭湯だというではないか。しかもその銭湯は、寛も名前を聞いたことがあった。

彼の賃貸アパートから、偶然にも車で十五分ほどの距離にある。

ご近所だと言いはるにはいささか無理があったが、近いことはたしかに近い。

結局その晩、居酒屋でいっしょに飲んだのが契機となった。

寛は知里に夢中になった。

友人にはほかにつきあっている女性がおり、端《はな》からその気はなかったことも念のためにたしかめてから、寛は行動に出た。

交際を申しこんだ。

文字どおり、清水《きよみず》の舞台から飛びおりるほどの勇気を出しての行動だ。

だが幸運なことに、知里は寛の想いを受け入れてくれた。

寛は天にも昇る気持ちになった。

こうして二人は、正式に交際をするようになった。互いに忙しい毎日ではあったが、時間を見つけてはデートをかさねた。

比較的家が近いことも幸いだった。知里が暮らすマンションは、職場である銭湯から車で五分ほどの距離にある。

ところが交際をつづけるうち、寛は少しずつ不安になりはじめた。

最初のころこそ、知里も幸せそうに感じられたものの、つきあううちになんとはなしに、心ここにあらずといった雰囲気が見え隠れするようになってきたのだ。

もしかして、自分と交際を始めたことを後悔しているのではないだろうか――弱気な寛は、ついそんな被害妄想におちいり、疑心暗鬼になることが増えた。

やはりこの恋もうまくいかないのではないだろうか、今までの恋と同様に……。

そんな風にやきもきすることが少しずつ増えていた。

次女の友希に誘われたのは、そんなある日のことだった。

知里と交際をする日々の中、寛は彼女の二人の姉とも銭湯にお邪魔をしたりする形で、すでに何度も会っていた。

楚々とした、上品な雰囲気が印象的な和風美女の亜矢子。姉妹の中ではいちばん押しが強そうで、なにごとも積極的なスタイル抜群の友希。

タイプの異なる姉たちはどちらも寛を歓迎し、かわいがってくれて、彼はすぐに二人とも懇意になった。

閉館後の食事処《どころ》で一杯やろうよと友希に誘われたのは、寛の悶々感がつのっていた、ある秋の夜のことだった。

二人の姉は閉館後の時間を利用して、自分たちの銭湯で知里の恋人となった寛を歓待してくれようとしたのである。

こうして寛は今夜「あやの泉」にきた。

もしかしたら二人の姉も、知里の態度に煮えきらないものを感じていたのではないか。にぎやかなことが大好きだという友希が中心となり、四人は広い食事処のテーブルで深夜の宴会となった。

亜矢子と友希は寛についてあれこれと知里に質問をしたり、逆に寛にも知里のどこに惚《ほ》れたのだなどと、さかんに二人を盛りあげようとした。

しかし案の定、今夜も知里はマイペース。

困ったように弱々しい笑みを浮かべるだけで、このところおぼえるようになった寛との距離感は結局のところたいして変わらない。

――寛くん、ごめんね。でも知里って基本、こういう娘《こ》だから。

知里がトイレで席をはずした隙に、さりげなく小声でささやき、ウィンクをしたのは友希だった。

亜矢子も同意をするように何度もうなずき「興味のない男性だったら、つきあうことすらしない子だから、あの子は」などと寛を励ますようなことを言ってくれた。

そんな年上熟女たちの気づかいがうれしかった。その結果、寛は調子に乗って飲みすぎ、いつしかダウンしてしまったのである。

気づいてみるとただ一人、食事処の畳に寝かされていた。

身体にはタオルケットがかけられていた。姉妹たちの姿はどこにもない。

だが部外者である寛を残し、帰ってしまうはずがなかった。

そう言えばと、寛は思った。

三人はときどき、閉館後の風呂に姉妹で入り、それからそれぞれの家に帰ることがあると聞いていたのを思いだしたのだ。

店が閉まった後ときどき残り湯に入るのは、彼女たちの両親が中心になってやっていた、この銭湯の昔からの習慣だそうである。

そして案の定、こっそりと覗いてみると姉妹たちは露天風呂の中にいた。

もちろん最初は、おとなしく待とうとした。

だが、露天風呂からかすかに聞こえる姉妹の笑い声やお湯の跳ねる音、木の桶《おけ》が立てるコーンという気持ちのいい音などを耳にするたびに、まだ酔いから醒《さ》めきっていない寛は、ついよからぬ好奇心を抑えがたくなってしまったのであった。

知里の裸が見たい――。

恋する男がそう思ってしまうのも、無理はないだろうと主張したい。

もう何度かここにはお邪魔をしており、気を許してくれた姉妹たちから、あれこれと館内のことを聞いてしまっていたことも、ほの暗い好奇心に拍車をかけた。

こうして寛は罪悪感にかられながらも、知里の裸見たさで、してはならない暴挙に出た。だが、いざ覗き見をしてみると、肝心の知里の姿がない。

恋人である自分を置いて帰ってしまったのだろうか。そう思うと寂しい気持ちになったが、スーパー銭湯は明日も通常営業だ。

姉たちはシフトの関係で明日は遅めの出勤のようだったが、知里だけは開店前にこなければならないことになっていた。

そう考えると、帰ってしまったとしても文句は言えないと思ったが、実際はそうではなかったのだ。

知里もまた、姉たちと風呂に入ろうとしていたのである。

しかし、今まで一人で、いったいどこにいたのだろう……？

3

「あら、用事はすんだの」

ジト目で末の妹に見られ、友希はあははと笑いながら亜矢子を解放した。

亜矢子の美貌は、隠しようもなく真っ赤になっていた。それは長いこと浸かりすぎた湯のせいばかりではないはずだ。

「はうう……」

黒髪をアップにまとめた長女は、恥ずかしそうに両手で胸を隠し、次女から距離をとった。

「う、うん……」

友希の問いに知里はぎこちなくうなずき、露天風呂の洗い場へと近づく。

壁にかけられたシャワーヘッドをつかんだ。

お湯を出す。湯温をたしかめ、前を隠していた手ぬぐいをそっと壁から張りだしたスペースに置いた。

（うおおっ！　おおおおおっ！）

闇の中でまたしても、寛は声をあげそうになった。美人姉妹のお宝ものの全裸につづき、ついに彼は愛《いと》しの恋人のもっちり裸身をまのあたりにした。

まずは角度の関係で、裸身の背面が寛の視線にさらされる。

（うおお、知里さん！）

股間の痛みが、いちだんと激しいものになった。勃起した男根がグイグイと、さらに下着とスラックスを上へと押しやる。

あどけなさを残す、ういういしさあふれる可憐な美女。

生真面目そうな顔つきと銀縁眼鏡のとりあわせが、なんともいえない魅力をかもしだしていた。

だが、首から下の体つきは、愛らしい美貌とは完全にミスマッチ。まだ二十七歳だというのに、このむちむちぶりはただごとではない。

肉感的な裸身は、長姉の亜矢子とよく似た感じだった。

自分と亜矢子は母親似だと言っていたので、おそらく彼女たちの亡母もこんな感じだったのであろう。

色白の女体は、亜矢子と同様、きめ細やかな美肌に恵まれている。

もっちりと肉感的な裸身からは、息づまるほどのエロスが湯気に混じってあふれだしていた。

服の上からも分かっていたことではあったが、とりわけ見つめずにはいられないのは、張りだした臀部の見事な豊艶さだ。

まん丸なヒップがブルンブルンと、健康的に尻肌をふるわせている。

肉体の黄金比的に言うならば、いささかバランスを欠いていると言えるほど尻が大きかった。それに比例して、ふとももの太さにもやや他のパーツとはアンバランスなものがある。

だが、そこがよかった。

少なくとも寛は、知里の肢体のそんな部分に強く惹《ひ》かれた。

そもそも最初に出逢ったときから、彼を魅了したのは知里の生真面目そうな性格とキュートな美貌、そして大迫力のデカ尻の三点セットだった。

（た、たまらない！）

焦げつくような熱視線を、寛は知里のヒップにそそいだ。

キュッと締まった腰から一転して張りだす臀部のボリュームは、まさにセクシーの一語。愛くるしい美貌を持つ知里のような女性の尻が、これほどまでに迫力たっぷりだなんて、神様はなんと意地悪なおかたであろう。

男なら誰しも、そわそわと浮きたたずにはいられない。

二つの丸みがパツンパツンに張りつめて、フルフルと肉をふるわせる。臀肉がひとつにつながる部分には、くっきりと三日月型の濃い影ができていた。

（うおおおおっ！）

いよいよ知里はこちらに身体を向ける。そのおっぱいと股間を、ついに寛はその目にとらえた。

もしかしたら尻の量感は、亜矢子より知里のほうがより豊満かも知れない。しかしおっぱいのほうは、大きさという意味では亜矢子に軍配が上がりそうだ。

未亡人がGカップなら、知里はおそらくFカップ。

九十センチあるかないかぐらいに思える。

それでも、十分大きな乳房ではあったが。

乳房のいただきを彩《いろど》るのは、平均的なサイズの乳輪と乳首。愛らしさを感じさせる乳首がぴょこりとしこり勃《た》っている。

知里は、まさか覗き見されているとは夢にも思わず、気持ちよさそうに熱いシャワーを浴びている。うっとりと目を閉じ、裸身にお湯の飛沫《しぶき》を浴びる姿が、なんとも官能的である。

（あああ……）

寛はため息をついて、愛しい恋人の股間を見た。

剛毛だ。見事な繁茂がびっしりと秘丘をおおっている。肌が艶やかな白さを見せる分、陰毛の漆黒具合がやけにいやらしかった。

（……お、俺って、なにをしているんだ）

股間の猛《たけ》りはビンビンになっていたが、寛は少しずつ酔いが醒めてきてもいた。無防備な裸身をさらす美人姉妹の姿に、一気に罪悪感が増してくる。

「ところで、見てきたの、寛くんの様子」

すると、そんな寛に呼応するように、湯船の中の友希が彼を話題にした。

「うん、それがね、帰っちゃったのかも知れない。いないの、食事処に」

シャワーを浴びながら、知里は困惑したような顔つきで言った。

「えっ、そうなの？　可哀想《かわいそう》なことをしちゃったわね……」

知里の言葉を聞き、浴槽の隅で小さくなっていた亜矢子が柳眉を八の字にして言う。

「そうなんだよね。一言断ってから私もお風呂に入ろうと思ったんだけど――」

「て言うかさ。あんた、なにをしてたのよ、用事って」

知里の言葉をさえぎって、あきれたように友希が問いかけた。

「えっ。ま、まあ……ちょっと友だちに連絡しなきゃいけないことがあって、スマホでちょっと」

知里はシャワーを終え、シャワーヘッドを元に戻すと、手ぬぐいを手に湯船に駆けよる。

(あああ……)

ユッサユッサとFカップのおっぱいが重たげに揺れた。つんとしこり勃った乳首が虚空にジグザグのラインを描く。

「こんな真夜中に？」

お風呂に身を沈める妹に、あきれたように友希が言った。

「若者はまだまだみんな起きてます」

「フン。悪かったわね、若くなくて」

知里と友希は互いに軽口をたたいた。

「ウフフ……」

そんな妹たちを見て、少し離れた場所で亜矢子が笑う。

（……そろそろ失礼したほうがいいな）

酔いが醒めないまま、つい始めてしまった覗き見行為。だが、さすがにこれ以上は申し訳ない。美しい姉妹のセクシーなヌードをここまで観賞できただけでも、バチが当たりそうなほど幸運だ。

（本当に当たったりして、バチが……）

自身にツッコミを入れながら、寛はそろそろと回れ右をしてその場を離れた。

遠ざかる露天風呂から、姉妹たちの陽気な笑い声がエコーとともにひびいた。

第二章　人妻淫らマッサージ

1

「それじゃお義姉《ねえ》さん……あ、いえ、社長。失礼します」

「まあ。お義姉さんでいいのよ」

「いえいえ」

スーパー銭湯一階の奥まったところに事務室はあった。

なにしろ手狭だからと姉妹は自虐的に言うが、奥には応接セットもある。今寛はそこで、亜矢子と打ち合わせを終えたところであった。

打ち合わせ——。

そう。

いつしか寛は銭湯に、仕事で通うようになっていた。姉妹には内緒の深夜の出歯亀から、すでに二週間ほど経っている。

「遠くまで悪かったわね。会社にお戻りになるの、寛さん？」

事務室を出ようとする寛を見送ろうと、亜矢子も出入り口までいっしょにくる。

「えっ。あ、はい」

「このまま直帰だったら、近くていいのにね」

「いえ、仕事ですから。それじゃ、失礼します」

「ありがとうございました。あっ、知里は……今ちょっとお使いで出ちゃってると思うんだけど……」

別れの挨拶をする寛に、申しわけなさそうに亜矢子は言った。寛はすぐに「ああ、いえ」と手をふる。

「今日は仕事でうかがっていますから。では……」

四角四面に頭を下げた。

亜矢子は上品な挙措でそれに応じ、「よろしくお願いしますね」と鈴の鳴るような声で言った。

「ふう。緊張した……」

亜矢子と別れ、館内を玄関へと向かう。

未亡人と二人きりで話をしたのは、今日が二回目で、まだまだ慣れない。しかもプライベートではなくビジネスでの打ち合わせなので、リラックスなどできようはずもなかった。

夕方まで、まだ少しある時間帯。

平日だし、いちばん人の少ないときなのかも知れないが、それにしても館内は閑散として見える。

亜矢子たち姉妹の間に「お家騒動」が勃発するのも無理からぬことかもしれなかった。

――ねえ、寛さん。よかったらうちのPRを手伝ってもらえないかしら。もちろん、仕事として。

寛と美人姉妹の新たな関係は、電話での亜矢子のそんな一言から始まった。

IT広告企業に勤めていることから、彼女に頼まれ「あやの泉」の宣伝活動のサポートをすることになったのだ。

「あやの泉」は、三姉妹の祖父母の代までは銭湯だった場所を、父母の代に新たにスーパー銭湯に作り直して再出発したものである。

ちなみにスーパー銭湯としてオープンしたのは、二〇〇〇年ごろのこと。

亜矢子が十五歳、友希が十歳。知里にいたっては、まだ五歳の幼い女の子のときだったという。

「あやの泉」という名は、当時まだ中学生だったにもかかわらず、病気がちだった母親の代わりになって妹たちの面倒を見ていた亜矢子からとった名前だった。

けなげで母性愛豊かな長姉を不憫《ふびん》に思った父親は、亜矢子をことのほかかわいがったが、そんな父親も早世した妻を追うように、あっけなくこの世を去ってしまった。

今から七年前のことのようだ。

以来この銭湯は、亜矢子たち夫婦が中心になって切り盛りをし、知里も簿記を学んで、亜矢子の指導のもと経理部門を担当するようになった。

そして五年ほど前、「あやの泉」はリニューアルをした。

時代にそぐわなくなってきていた店内施設を一新し、委託していた外部業者との契約が切れたこともあり、それまで外で修業をしていた友希による新たなリラクゼーションルームも起ちあげた。

新規オープンとなった「あやの泉」の施設はなかなか充実していた。

平屋造りではあるものの、館内はかなり広大。

源泉かけ流しの豊富な湯量と、和風情緒あふれる造りが自慢の「大岩風呂」が最大の売り。

また、露天のそこと行き来できる内風呂の浴槽は、ぜいたくな檜《ひのき》造りである。

その他、ドライサウナや水風呂の設備もあった。

さらに露天風呂つきの貸切個室も、四部屋完備されている。

そして友希が舵取りをするリラクゼーションルームに、料理の質に亜矢子がたえず目を光らせる食事処。十三台のリクライナーシートをそろえたお休み処も自慢のひとつだった。

リニューアルは功を奏し、その後しばらく「あやの泉」は活況を呈した。

だがそれも長くはつづかず、時とともにまた、集客力が落ちこむようになってきていた。

比較的近場にできた新しいスーパー銭湯が、その最大の理由である。

そちらに客を取られるようになった「あやの泉」は、このところ毎月、赤字続きにおちいっていた。

なんとかしなくては――長女の亜矢子は必死になって打開策を模索した。だがじつのところ、姉妹たちは決して一枚岩というわけではなかった。

友希と夫の修平は、かねてよりこの土地をほしがっていた地元の不動産業者への身売りを主張した。

これだけがんばってもどうしようもないのなら、そろそろ潮時ではないかというのが友希の主張だった。

そんな風に考える妻を、副社長である夫の修平も支持していた。

つまり相変わらず姉妹の仲はよいものの、亜矢子は身売り推進派となってしまった次女夫婦と仕事上では対立していたのである。

寛はそのことを、知里ではなく仕事モードで会うようになった亜矢子から聞いた。

それでようやく、あの出歯亀をした夜、友希が「ここはもう終わりにしたほうがいいと思う」と言っていた意味が氷解したのである。

だが同時に、寛には新たな疑問も生まれていた。こんな大事なことを、どうして知里は一言も自分に話そうとしなかったのか。

亜矢子によれば、最終的には三姉妹と友希の夫の多数決で決めるしかないかもと言う。

しかしそうなるまでに、まだもう少しあがいてみたいとも亜矢子は言った。

そして、現時点で知里がどう考えているのかは、少なくとも自分はよく分かっていないとも亜矢子は言った。

やはり知里にしてみれば、寛はなんでも話せるたいせつな恋人というわけではまだなく、自分が思っている以上に心の隔たりは大きいのかも知れない——寛はそんな風にも考え、なんとも複雑な気分にもなった。

いずれにしてもそんな状況の中、亜矢子は寛に「あやの泉」起死回生のための協力を求めてきた。

プライベートはプライベートとして、自分にできることなら喜んで協力したいと寛が思ったのは無理からぬことだった。

そして今日彼は、企画提案のための二度目のリサーチで、亜矢子に時間をもらってあれこれと話をさせてもらったのだった。

「知里さん、お使いに出てるって言ってたよな」

館内への出入りは、一般客と同じ玄関を利用させてもらっている。革靴に足をとおしながら、寛はボソッとひとり言を言った。

亜矢子の前ではああ言ったが、可能であればひと目でも顔を見たかった。

寛が打ち合わせに来る時間帯は、仕事場から離れる可能性があることは知里本人からも聞いていたが、そろそろ帰ってくるころではないだろうか。

（連絡してみようかな……）

玄関から外に出た。広大な駐車場は建物の前側と後ろ側にあったが、今日は遠慮もあり、一般客の邪魔にならないはずの後ろ側の隅に車を停めていた。

寛はそちらに向かいながら、鞄《かばん》からスマートフォンを取りだした。

「知里ちゃん。ちょっと待ってよ」

（えっ……）

すると、知里の名を呼ぶ声がする。建物の後ろにぐるりと回りこんだところだった。やはり帰ってきたのかと、寛は声のしたほうを見た。

（……うん？）

スタッフ用の出入り口に向かって、知里が足早に歩を進める。そして、そんな彼女を追いかけるのは——。

（……修平さん？）

こちらからは背中しか見えなかったが、それは友希の夫である修平に見えた。そうか、修平の車で用事を足しに出かけたのかと寛は思った。

修平は、副社長の肩書きで亜矢子をサポートする立場にあるが、今は友希とともに身売り推進派の旗振り役だ。

スーパー銭湯の裏方的な業務全般をこなす三十四歳。

前社長である亜矢子の亡夫が社長を勤めていたころから、副社長として仕事をしてきた。

長身で細身の優男《やさおとこ》。

同性の寛が見ても、歌舞伎役者かなにかのような色っぽさを感じさせ、彼我の差にコンプレックスさえ抱きそうになる、そんな男性だ。

だが、それはともかく、二人の様子はなんだかちょっと変である。

知里は、泣いているのだろうか。

（知里さん……？）

どうしたんだろうと、彼女を案じる気持ちが強まった。

しかし館内へと飛びこんでいく知里には、修平はもちろん、誰であろうと寄せつけないような緊張した雰囲気がある。

いっしょに帰ってくる間に、義兄と口げんかにでもなったのだろうか。

もしかして、銭湯の身売り話の件かなと寛は思った。

亜矢子の話では、今のところ知里は態度を明確にしておらず、亜矢子と友希夫婦双方が、三女の真意をはかりかねているという話だった。

（おっと……）

寛は顔をそむけ、自分の車に向かって歩を速めた。

修平が「まいったな」という感じで頭をかき、きびすを返してスタッフ用の出入り口とは別の方角に歩きだしたのだ。

挨拶をしたほうがよいかとも思った。

だが、いくら知里と交際している身とはいえ、安易に口出ししてはいけない現場を見てしまった気もしていた。

（あとで連絡するか、知里さんには）

この状況では、館内に戻って知里に声をかけるのも気が引けた。

寛は気持ちを切りかえ、車のドアロックを解除した。

2

閉館後の「あやの泉」を訪ねたのは、それから十日ほど経ったころだ。

――寛くん、折り入って相談があるんだけど、ちょっと時間もらえないかしら。

友希からそう連絡をもらい、彼女の指定する時間にスーパー銭湯を訪ねたのである。

つまりまた、深夜の時間帯だった。

「すみません、友希さん。お疲れのところ、俺にまでこんな。ああ、気持ちいい……」

寛は施術用の細長いベッドにうつ伏せになっていた。

よかったら少しほぐしてあげるわよと友希に言われ、かたくなに固辞したのだったが、結果的には彼女の好意を受け入れる結果となった。

そして友希に言われるがまま、パジャマのような施術着に着替え、本格的なマッサージを受けている。

「若くても、やっぱり溜まってるのね、疲れが。すごく凝ってるわよ、寛くん」

「そ、そうですか。ああ、そこ、気持ちいいです」

「フフッ。ここでしょ？」

……グイッ、グイッ。

「ああ、そうです。そこそこ。ああ、効くぅ……」

「ウフフフ」

さすがはプロと、寛は感嘆する。

友希は整体師らしい慣れた手つきで、寛の背中を揉みつづけてくれていた。

Vネックの上着は半袖で、色は濃紺だ。パンツのほうは純白で、すらりと長い友希の美脚がいっそうきわだつ。

リラクゼーションルームは、寛が姉妹と深夜の宴《うたげ》をさせてもらった食事処の向かいにあった。

五台の施術用ベッドが並べられてはいるものの、寛はまだ一度として、閑古鳥《かんこどり》の鳴いていないここを見たことがない。

だがその理由が、少なくとも友希の腕などではないことを、思い知らされる気がしていた。

リラクゼーションルームには、友希以外にも毎日数名のスタッフがいて、シフトで動いていた。

その全員が、友希自らが面接と試験選考をして選んだプロたちばかりだというから、他のスタッフの腕前も推《お》して知るべしである。

しかも、寛が知るかぎり、みな人柄もよかった。なんとか力になってあげたいという思いは自然に強いものになる。

(でも、友希さんは身売り推進派なんだよな)

絶妙な指魔術にうっとりしながら、寛はどこかで緊張してもいた。マッサージには癒《い》やされながらも、完全にリラックスなどできようはずもない。

友希が自分なんかに、いったいなんの相談があるというのか。

知里のことなら、相変わらず距離は感じていたものの無難な交際をつづけている。

知里はその日によって、気分がめまぐるしく変わるような不安定な状態だった。

どうしたのかと思うぐらい「寛さん、寛さん」と甘えることもあれば、別の日には一緒にいること自体が耐えられないというかのような重苦しい態度に終始した。

そんな年下の恋人に、相変わらず翻弄《ほんろう》されっぱなしだった。

十日ほど前に偶然見かけた、修平とのいさかいめいた一件に関することも、結局聞けないままである。

だがそれはそれとして、友希の相談が知里に関することである可能性は限りなく低い。となると――。

（いやな予感）

どうしても、友希たち夫婦と亜矢子の間に起きているお家騒動のことしか考えられなかった。

立場的に言うなら、寛は亜矢子側に就く形になっている。そういう意味でも、いやでも緊張感は増した。

どうやら閉館後の館内にいるのは、友希と寛だけのようだ。

しかもこんな、頼んでもいないサービスまでしてくれる。いやな予感しかしないのも、当然であった。

「はい、今度は仰向《あおむ》け」

しかし友希は、そんな寛の心中などお構いなしの陽気さだ。軽くとんと寛の背中をたたき、態勢を変えるよう指示をする。

「ゆ、友希さん。もう俺、ほんとに今夜はこれぐらいで……」

「なにを言っているの。これからでしょ。ほら、遠慮しないで」

「は、はあ……」

寛は恐縮するものの、友希は一向に意に介さない。ニコニコと微笑まれると、かたくなに遠慮するのも気が引けた。

「すみません」

友希にうながされるまま、仰向けになる。

美しい人妻整体師は、切れ長の双眸《そうぼう》を細めて笑った。

「そんなに硬くならないで。せっかくほぐしてやっているんだから」

「は、はあ……」

「て言うか」

「……えっ？」

寛は天井を見あげて足を伸ばした。すると、友希は口角をつり上げるような笑顔になる。

「友希さん……？」

「ンフフ。そんなに硬くならないでっていうか……うん、そうよ。硬くなるなら、やっぱりここじゃないかしら」

「えっ。うわあ！」

寛は飛びあがりそうになった。

ベッドの脇に立った友希が、いきなり施術着越しに寛の一物をそっとつかむ。

「ちょ……友希さん。な、なな、なにを」

「なにって……言ったでしょ。硬くなるなら、やっぱりここじゃない？」

「えっ、ええっ？　ああ、ちょっと……」

「ウフフ……」

友希の美麗な両目は、見る見る淫靡なぬめりを帯びた。

ねっとりとした視線で寛を見下ろし、いやらしい手つきでやわやわと彼の陰茎を愛撫する。

「ああ、ちょっ……やめてください、友希さん。どういうつもりですか」

友希の突然の蛮行に寛はとまどった。相談があると言うからやってきたのに、この展開はいったいなんだ。

「どういうつもりもなにも……ねえ、寛くん」

友希は色っぽい声で言うと、なおも男根をあやしながら寛に小顔を近づけた。

「まだしてないんでしょ、知里と」

「──っ。友希さん」

「したくてもまだできないんじゃない？　知里ってば、いったいなにを考えているのかしらね」

……やわやわ。モミモミ、モミ。

「うああ……ちょっと、友希さん……」

友希の指摘は、ズバリそのとおりだった。

一応恋人同士ではあるものの、身体の関係になれるほど、まだ互いの気持ちが深まりあっていないということになろう。

いや、正確に言えば寛は深まりたいのだが、知里の気持ちが一進一退という感じなのだからいたしかたない。

だがそれと、友希のペニス揉みになんの関係があろう。

「友希さん」

「正直に言いなさい。してないでしょ、まだ、知里と」

「し、してませんけど」

執拗に答えを求められ、寛はしかたなく真実を述べた。

そして――。

（ああ……）

心はとまどい、この状況に本気で狼狽《ろうばい》しているのに、いったいなんということであろうか。

気づけば友希の指に刺激され、施術着の中でムクムクとペニスが膨張を始めてしまう。

（なんてことだ）

「やっぱりそうでしょ。かわいそうに。ねえ、どうやって処理しているの、性欲」

寛の返事を耳にして、友希の表情はますますねっとりと、糸さえ引きそうないやらしさをにじませる。

「は、はあ⁉」

思わず声が裏返りかけた。しかし友希はなおも言う。

「知里と早くやりたいのにできないんじゃつらいわよね。ねえ、性欲、どうやって解消しているの、寛くん」

「な、なに……なにを――」

「やっぱり、こっそりとこんなことしてるんでしょ」

――ブルルンッ！

「わわわっ」

寛はさらにとり乱し、悲鳴に近い声を出した。許しも得ず、友希が寛のペニスをいきなり露出させたのだ。

「あら、おっきい」

露《あら》わにさせた寛の肉棒に友希は本気で驚いていた。両目を見開き、うれしい誤算とでもいうかのように、満面に淫靡な笑みを浮かべる。

施術着の中から飛びだした男根は、すでに半勃《はんだ》ち近くにまでなっていた。このまま勃起してもよいものか、それともおとなしくしぼむべきか、判断に迷ったような中途半端な膨張のしかたをしている。

それでも人妻が賛嘆の声をあげたのも無理はなかった。人にいばれるものなどなにもない、押しも押されもしない小市民。だがただひとつ、ひそかな自慢があるとしたら、股間にぶら下げる一物だ。

地味な見た目からは想像もできないだろう、規格外の巨根。勃起をしたら軽く十五センチは超える。

そんな極太の威容は、半勃ち状態でも隠せない。掘り出したばかりのサツマイモのようなゴロンとした野性味をアピールしつつ、断続的にひくついている。

「ゆ、友希さん」

「ねえ、そうでしょ。毎晩おうちに帰ると、いやらしいこと考えながら、こんなことをしているんでしょ？」

……しこしこしこしこ。

「うわあ。おおお、友希さん……」

「アン、ほんとに大きい。寛くんってば、かわいい顔しておちん×んは、こんなにおっきかったのね。はぁはぁ……」

「うおおお……」

友希は半勃ちペニスに細い指をからめるや、ねちっこい手つきで上へ下へとしごき始めた。

しかも、ただ棹《さお》を機械的にしごくだけではない。伸ばした指で不意打ちのように、カリ首もスリスリと何度もあやす。

「くぅう、友希、さ、ん……あああ……」

「ンフフ、勃ってきた、勃ってきた。まあ、すごい……」

いったいなんなのだ、この状況はと狼狽しながらも、巧みな手コキにあらがいきれなかった。

しこしことリズミカルにしごかれて、寛の陰茎はいちだんと、硬さと大きさを増していく。

3

「ああ、友希さん……」

「はぁはぁ……すごい、こんなに大きかったのね……もう寛くんってば、いやらしい」

「い、いやらしいって言われても……」

自分の指の中でガチンガチンになっていく極太をうっとりと見て、友希は感極まったように尻を振った。

ねばるような潤みを示す双眸は、これまで一度だって見たことのない昂《たか》ぶりを示している。

「友希さん」

「浮気されてるの、私」

「……えっ！」

すると、これまたいきなり、友希はとんでもない告白をした。

「う、浮気？」

「そうなの。だから寂しくて」

「友希さ――」

「相手が誰なのかは分からないんだけどさ。してる。うん、絶対にしてる。分かるの、私。それだけは。だからもう、悔しくて悔しくて」

昂ぶる感情を手コキの動きにこめるかのようであった。友希はさらにしこしこと、緩急をつけて大胆に寛のペニスをしごき抜く。

「うわっ。うわあ……」

（た、勃つ。勃っちゃう。もうだめだ。ああ……）

こんなしごかれかたをされては、もうどうにもならなかった。寛のペニスは完全な戦闘態勢になってしまう。

「だからね、目には目をなの」

「えっ。あ、ちょ、なにを……」

まるで、機は熟したとでも言わんかのようだった。友希はペニスから手を放し、制服のパンツを脱ぎ始める。

(えっ、ええっ？　うわあ……)

白いパンツの下から現れたのは、小麦色に艶光りするスタイル抜群の美脚。モデルのようにスラリとしたこのスレンダーさは、めったに見られるものではない。ほどよいボリュームの股間を包むのは、セクシーな漆黒のパンティだ。

「友希さん⁉」

大胆極まりない友希の行動に、寛は目を白黒させた。

今なら逃げ出せるとは思うものの、ねっとりとした視線に射すくめられ、蛇に睨まれたなんとやらという状態のままである。

(ま、まさか友希さん。本気で俺と⁉)

寛は愕然となる。

他の二人に比べたら、たしかにかなり積極的な性格ではあったが、まさか、こともあろうに妹の恋人に、堂々とこんなふるまいに及ぶとは思いもしない。

いくら夫に浮気をされ、寂しさや欲求不満にかられているとしてもである。

(それにしても、浮気……修平さんが?)

下半身を丸だしにしようとする人妻をあっけにとられて見つめながら、同時に寛はその言葉にもとらわれていた。

なぜだかふいに、先日偶然目撃した、修平と知里のトラブルめいたシーンが脳裏に去来する。

(いやいや、そんな、まさか、ね……あっ……!)

自分の想像を自分で否定したそのときだ。友希は俊敏な身ごなしで、細いベッドに上がってくる。

「ううっ、友希さん!?」

冗談だろうと思いながら、寛はつい人妻の恥部を見てしまう。

ヴィーナスの丘にけむる陰毛は、どこまでもはかなげだ。

はずかしそうに秘丘の一部に集まって、燃えあがる火焔《かえん》のように毛先をそそけ立たせている。

その下部には、早くもぬめぬめと卑猥な汁を光らせた華唇が見え隠れした。

「いや、あの、友希さ――」

「いい、寛くん？」

「……えっ」

身じろぎをし、拒もうとする寛に思いつめたような声で友希は言う。

「お互い、持っていくんだからね、お墓まで」

「えっ、ええっ？　あ、ちょっと……」

ベッドにあがった友希は、寛の股間にまたがった。片方の膝を立て、ギンギンに反りかえる怒張を手にとり、角度を変える。

「ゆ、友希――」

「お願い、寛くん。私つらいの、はっきり言って。だって、だって……」

「うわああ……」

「したくてしたくてたまらなかったの。はあぁンンぅ」

……ニチャニチャ、ネチョネチョ、ぐぢゅ。

（ずおお……）

友希は自分の女陰に、猛る鈴口を擦りつけた。こらえきれず、人妻の朱唇から艶めかしいあえぎ声が漏《も》れる。

「うおお、友希、さん……あああ……」

亀頭からひらめく強い電撃に、寛は全身をこわばらせた。

はっきり言って、こんなことをされてはひとたまりもない。ぬめる膣《ちつ》穴に擦りつけられる鈴口から、甘酸っぱさいっぱいの快美感がまたたく。口の中いっぱいにじゅわんと唾液が湧き、歯茎がうずいて奥歯が鳴った。

(だめだ。こんなことをされたらもうだめだ!)

「ハアン、寛くん。んっあああ」

——ヌプッ!

「アッハアァ」

「わああ、友希さん」

ついに友希は腰を落とした。そのとたん、ヌルヌルと狭い肉の筒にペニスが三分の一ほどにゅるりと飛びこむ。

……ブジュッ!

それだけで、しぶくようにカウパーが漏れた。ぞくりと背すじに鳥肌が立つのを、寛は感じる。

「ああ、すごい。硬いわ、硬いンン。んあっ。んあああっ」

――ヌプヌプッ！

「うあああ」

「おおお、そんな……」

――ヌプッ！　ヌプヌプヌプ……グチャッ！

「ヒイイィン」

「あっ……」

ついに友希は根もとまで極太を膣に突き入れた。それと同時に人妻は、ケダモノそのものの声をあげる。

はじかれたように寛の上に倒れこんだ。寛は「わわっ」とスレンダーな上体を抱きとめる。

「友希さん」

「はうう……はうぅ……気持ちいい……あああ……」

「ええっ？　あっ……」

……ビクン、ビクン。

まだ合体を果たしただけの状態だ。

それなのに、早くも人妻は痙攣《けいれん》を三度、四度とくり返す。

(嘘だろう。もうイッちゃったの⁉　うわあ……)

信じられないが、どうやら演技ではなさそうだ。

それを証拠に友希の膣路もいやらしく蠕動《ぜんどう》し、寛のペニスをムギュムギュと淫靡な力で締めつける。

……ブジュッ！　ブジュブジュ！

(き、気持ちいい！)

そのせいで、悲鳴をあげた亀頭がまたも先走り汁を噴きださせた。勢いよく飛びちった汁が、ひくつく子宮口に粘りつく。

「あの、ゆ、友希さ――」

「動いて」

「えっ。あ……」

友希は寛にしがみついた。強く彼をかき抱き、駄々っ子さながらに身体を振ってねだる。

「動いて。ねえ、お願い。動いて。ちん×ん、ズボズボして」

「友希さん」

「して。してしてして。ねえ、お願いだからああ」

その声は、陽気で姉御肌な、いつもの友希のものではなかった。

今にも泣きそうな震え声。それはあふれだす真実の思いを濃厚に忍ばせている気もする。

「くぅぅ……!?」

哀訴とも言えるおねだりに、もはやあらがうことはできなかった。寛は奥歯を嚙《か》みしめて腰をしゃくり、ペニスを抜き差しし始めた。

4

……ぐぢゅる。ぬぢゅる。

「うあああああ。ああああああ」

(ああ、友希さん……すごい声)

性器の擦りあいを本格的に始めるや、友希の喉からは別人としか思えないよがり吠えがとどろいた。

相当気持ちがいいのだろう。どうしようもないのだろう。

寛におおいかぶさり、強くしがみついたまま、彼の首すじに小顔を押しつけ、激しいあえぎ声をあげる。

「あああ。ねえ、もっと。もっと動いて。ああああああ」

「くぅ、友希さん。こう？　ねえ、こう？」

……ぐぢゅっ。ぬぢゅる、ぐぢょ！

「あああ。気持ちいい。そこ気持ちいい。もっと。ねえ、もっともっとおおぉ」

「ううっ……」

せがまれるがまま、寛はさらに激しく腰をしゃくった。

ヌルヌルとした胎路は驚くほど狭隘《きょうあい》だ。窮屈さにあふれるぬめり肉の中で男根を挿《い》れたり出したりすれば、行く手を通せんぼするかのよう。餅《もち》のような塊《かたまり》に、ぬぽり、ぬぽりと亀頭を絞りこまれる。

(うわあ、気持ちいい)

「ンッヒイィ。ああ、それ。それそれそれええ。そこ、いいの。寛くん。そこ好き。そこ好きイィンン。うあああああ」

友希は繕《つくろ》うすべもなく、肉スリコギで女穴をほじくり返される悦《よろこ》びに耽溺《たんでき》する。

十分すぎるほどぬめりきっていた膣肉に、さらにじゅわじゅわと、とろみ満点の愛液が湧きだしてくる。

おそらく今自分は、ポルチオ性感帯を責め立てているのだろう。

寛はそう思った。

三十二歳の開発された人妻の肉体は、膣奥深くの快楽スポットに亀頭をえぐりこまれ、理性を吹き飛ばして狂乱している。

(ええい)

淫らによがりわめく恋人の姉に、寛はとうとう覚悟を決めた。

こうなったらとことんやってやると、おとなしい彼にも似合わぬ嗜虐心《しぎやくしん》の熱塊が、なだれをうって亀頭へと集まっていく。

友希は両脚をM字に開き、品のない格好で寛におおいかぶさっていた。

「ハァアン」

寛は手を伸ばし、そんな人妻の尻肉を鷲づかみにする。友希の臀肉は汗のせいで、しっとりとした湿りを帯びていた。

「ここ？　友希さん、ここ？」

友希の尻をつかんで引きよせ、寛はさらにサディスティックに腰をしゃくった。

——グジュジュ！

「ハッヒイィン。ああ、そこ。そこそこそこほほほおおお」

「ここ？ これがいいの？ そらそらそら！」

──グジュグジュ！ グチャグチャ！

「んっあああ。刺さる。チ×ポ刺さる。いっぱい刺さるンンン。気持ちいい。気持ちいい。うあああああ」

「おお、友希さん！」

──バツン、バツン、バツン！

「うあああ。いいよう。いいよう。チ×ポいいよう。寂しかったの。私悔しくて、寂しくて、どうしていいか分からなかったの。あああああ」

「はぁはぁ。はぁはぁはぁ」

友希はペニスを「ちん×ん」ではなく「チ×ポ」と呼んで喜悦した。

寛の首筋から顔をあげる。

二人で見つめあう暇もなく、肉欲に溺れた美人妻は、むさぼるかのような激しさで、妹の恋人の唇を奪う。

「むぶぅ、ゆ、友希さん。んっんっんっ」

「むぶぅ、むんぅ、むんぅ、気持ちいい、気持ちいい。寛くんのチ×ポ硬くていい。

硬くていい。硬くていいのンムんぅ、むんぅぅっ」

……ピチャピチャ、れろれろ、ぢゅぶちゅ！

性器と性器をいやらしく擦りつけあいながらの接吻は、そのままベロチューへとエスカレートした。

しかもこのベロチューは相当にえげつない。

互いに舌を突きだして、相手の顔に鼻息をたたきつけながら、ベロベロ、ネロネロと、執拗なまでに舌と舌とを擦りあわせる。

（さ、最高だ！）

知らなかったと寛は思う。互いの性器をイチャイチャさせながらするベロチューは、これほどまでに気持ちのよいものだったのだ。

見るがいい。

美しい人妻の、この誰にも見せられないようないやらしい顔つきを。

思いきり舌を飛びださせるあまり、えぐれるように頬がくぼみ、これまでに見たこともない顔つきになっている。

しかも本人は、美貌が崩れてしまうことなどおかまいなしである。そんなことなどどうでもよくなるような、激しい欲望に翻弄されていた。

（ああ、えげつない）

別人のような卑しい顔つきで舌を突きだし、寛の舌を求めながら、友希はカクカクと、自らも腰を前へ後ろへとしゃくっていた。

つぶれたカエルそのものの品のない格好のまま、男根に膣ヒダを擦りつける猥褻《わいせつ》な快感にどっぷりと溺れている。

（もうだめだ！）

寛は限界だった。

どんなに我慢したくても、牡の本能がもはやそれを許さない。

ペニスを爆発させ、きれいで卑猥なこの人妻の膣奥にありったけの精子を飛びちらせたくなってくる。

「おお、友希さん。友希さん」

――パンパンパン！　パンパンパンパン！

「あああああ。チ×ポ、ズボズボ。硬い。硬い。チ×ポ、ズボズボ気持ちいい。うあああああ。これイッちゃう。私イッちゃう。あああ。あああああ」

「俺も気持ちいい！　友希さんのマ×コいいです。マ×コ。マ×コ。あああああ」

ケダモノと化した二匹は、それぞれ心の赴くまま、聞くに耐えない言葉をほとばしらせた。ここまでばかみたいに狂えるセックスを、今夜初めて寛は知った。

それは、今まで知らなかった快感だ。カリ首からひらめく快《こころよ》さは、今まで体験したどんなセックスより鮮烈だ。

(ああ、イクッ！)

もっともっと、幸せなこの時間を味わっていたかった。

だが、もはや彼に与えられた時間は限りなく少ない。

陰嚢《いんのう》の肉門扉が荒々しい音を立てて突きやぶられた。濁流と化したザーメンが、陰茎の芯をうなりをあげてせりあがる。

「うあああ。イグッ。イグイグイグッ。気持ちいいよう。うああ。うあああ」

「ああ、友希さん。出る……」

「うおおおっ。おおおおおおっ!!」

──びゅるる！　どぴゅどぴゅどぴゅう！

オルガスムスの電撃が、寛を脳天からたたき割った。

尿道を駆けぬけたできたての精液が、ブジュリ、ブジュブジュと品のない音を立て、亀頭の先から勢いよく噴きだしていく。

噴出したザーメンは、子宮口に当たって性器と性器の隙間を逆流した。

亀頭から飛びだす新たなザーメンに押しだされるように、ゴボゴボと泡立ちながら、まん丸に開ききったピンクの膣穴から糸を引いて飛びちる。

（ああ……）

「はうう……すご、い……んっああ……」

射精の気持ちよさに恍惚《こうこつ》となり、しばし友希への意識がおろそかになった。

ハッとして人妻を見る。

いっしょに達したらしい欲求不満の熟女は、寛に体重を預けてぐったりとしたまま、またしてもビクビクと派手に身体を痙攣させた。

「友希、さん……」

やってしまったと、次第に理性の戻る頭で寛は後悔した。二人で墓場まで持っていくのだと友希は言った。だが内緒にしておけばそれで大丈夫という問題ではない。

（どうしよう）

大事な恋人の寂しげな笑顔が蘇《よみがえ》った。しかしそんな寛を現実に戻らせまいとでもするかのように、友希はきつく彼を抱きすくめる。

「友希さん……」

「まだまだだから」

「……えっ」

友希は顔をあげ、潤んだ瞳で寛を見た。

「あ、あの――」

「まだまだ放さない、硬いチ×ポ」

そう言うと、友希は媚肉でペニスを締めつけた。

「うわあ……」

ようやく射精を終えかけた男根に、その刺激は猛毒のよう。戻りかけた理性がたちまち吹っ飛び、脳内にピンクのもやが満ちていく。

「友希さん」

訴えるように出た声は、不様にふるえ、跳ねあがった。

「久しぶりに……燃えちゃうかも」

友希は艶めかしく、口角をつりあげて微笑んだ……。

「うああ。あっあああ」

「はぁはぁ。おお、友希さん、はぁはぁはぁ」

寛と友希の熱烈な行為は、さらに場所を変えて続けられた。

大岩風呂の露天へとつながる広々とした内風呂。檜の浴槽の縁は広く、腰かけられるほどのスペースがある。

全裸になった二人は、そこでひとつにつながった。寛が湯船に腰を下ろし、対面座位の友希を抱きかかえている。

もうもうと、白い湯けむりがたゆたった。

素っ裸になった人妻は、和式便器に踏んばるように脚を開き、湯船の縁に爪先立ちになっている。

彼女もまた、寛の裸身を抱き返していた。

人には見せられない激しい腰ふりで、自らグチョグチョとぬめる媚肉を寛の亀頭に擦りつける。

――ヌチョヌチョヌチョ！　ぐぢゅる！　グチョグチョグチョ！

「ハアァン、気持ちいい。どうしてこんなに気持ちいいの。知里がうらやましい。とろけちゃう。アハハァァ」

「いや、そんなこと言われても……うおお……」

妹をうらやましがられても、はっきり言ってその人と、いつこんなことができるようになるか心もとなかった。

同じ姉妹なのに、どうしてこれほどまでに性格が違うのか不思議にもなる。

『だって私、はっきり言ってスケベだからさ。淫乱なんじゃないかって思っちゃうぐらい。でも私だけじゃないと思うわよ？　だって私たち、姉妹なんだから……』

つい先ほど、ピロートークの場で知里の話題が出たときに、話の流れで友希はそんな言葉を口にした。

まじめそうに見えはするが、自分と姉妹である以上、知里も淫らな肉欲は人並み以上にあるはずだというのがその主張だ。

死んでしまった母親についてこんなことを言うのはどうかと思うけど、と前置きをし、友希はかつて偶然目にしてしまった両親の夜の営みでも、亡母が昼間の顔とは別人のような姿を見せていたことまで聞かせてくれた。

そう言えばと、いろいろな話を聞くうちに、寛はふと思ったものだ。

過日深夜の露天風呂で出歯亀をしたとき、たしか友希は亜矢子にも「姉さんもけっこう感じやすい体質？」と聞いていた。

あれはまんざら冗談でもなかったのである。

（となると……知里さんも……亜矢子さんも？）

友希と汗まみれ、お湯まみれのセックスをしながら、寛は彼女とは性格を異にする姉妹たちを思った。

性格は違うにしても肉体的には、みな同じものが遺伝しているのか。

だとしたら、あのまじめそうな知里も、清楚で奥ゆかしい未亡人の亜矢子も、一皮剝《む》けば友希のように、とんでもない姿をあれもこれもと見せてくれるのか。

(み、見てみたい!)

寛はついそんなことを思ってしまい、いかんいかんと自分をなだめる。知里はともかく、亜矢子のことまでそんな目で見ていい資格はない。

「ああ、またイグッ! イグイグイグッ! ねえ、寛くん、イッてもいい?」

はしたない動きで腰をしゃくり、友希は自ら股間のぬめり肉を寛の亀頭に擦りつけてくる。

そのたび、グヂュリ、グチャッ、ニチャッとペニスが膣内の愛液をすりつぶす、品のない粘着音が高らかに鳴る。

「ああ、友希さん、お、俺も……また出そうです!」

――パンパン! パンパンパン!

「ヒイィン。ンッヒヒイィ」

またしても達しそうなのは、友希だけではなかった。ヌルヌルとすべる艶やかな裸身を抱きすくめ、寛も動きを合わせて腰を振る。

膣ヒダと窮屈に擦れるたび、腰の抜けそうな快さが火花を散らした。ひと抜きごと、ひと差しごとに射精衝動が高まり、全身に大粒の鳥肌が立つ。

(またイクッ!)

「うああ。ああ、気持ちいいンン。イグイグイグッ。うあああ」

「で、出る……!」

「うああ。あああああっ」

――どぴゅ、どぴゅどぴゅ!

「うおおおおっ!」

――びゅるる! どぴゅどぴゅどぴゅぴゅっ!

「おおおっ! おおおおおおっ!!」

「友希さん……あああ……」

それはもう、この夜何度目になるか分からない吠え声だった。

またしても友希はビクビクと裸身を痙攣させ、女だけが行けるというこの世の天国に突きぬける。

「くうぅ……」

そんな人妻が湯の中に落下しないよう抱きとめつつ、寛もまた、陰茎を小刻みに痙攣させた。

あきれるほどの精力だった。

あきれるほどの精液製造能力と、射出力でもある。

ドクン、ドクンとまたしても雄々しく脈打って、寛の怒張は人妻の膣奥に、濃厚な子種を注ぎ入れた。

（ああ……）

寛は友希を抱きすくめつつ、なおも陰茎を脈動させた。

二人して、墓場まで持っていこうとするふしだらな営みは、とろけるような恍惚感で彼を腑《ふ》抜《ぬ》けにさせる。

ばかみたいに狂えるセックス。

今夜、寛は開いてはいけないドアを開いてしまったのかも知れなかった。

第三章　裏切りの性奉仕

1

「いったいどういうことだ……」

闇にまぎれ、寛が尾行をするような真似《まね》におちいったのは、それから一週間ほど経ったころ。

何度かの打ち合わせの末、ついに独自のＰＲ企画を立案した。

そして今日は、多忙な亜矢子に時間をもらい、そのプレゼンテーションをするために、スーパー銭湯にやってきた。

亜矢子の反応は上々だった。行けそうだという確信を、改めて寛は抱いた。

その帰り道――彼は「あやの泉」近くの鬱蒼《うっそう》とした市民公園で、修平に手を引っぱられて中に入っていく知里を目撃したのである。

当然のように、銭湯の建物裏手で目にした、二人の不可解な状況を思いだした。あの日の再来のような出来事にも思えた寛は、見て見ぬふりはできなかった。

なにしろ手を引っぱられているのは、自分の恋人である女性なのだ。たとえこのごろは、以前にも増してコミュニケーションがうまくいかなくなっていたとしてもだ。

(どこへ行った……)

大急ぎで駐車場に車を停め、猛ダッシュで公園に入った。

この界隈の人々の憩《いこ》いの場である市民公園は、郊外だからこその広々とした敷地を持ち、整備された園内には回遊路も設けられている。

寛は目を細め、暗闇におおわれだした公園内をさがした。

「あっ……」

見つけたと彼は思った。

まちがいない。修平と知里である。

あらがう知里の手を強引に引っぱり、修平は森の中に消えていく。知里はときどきつまずきつつ、そんな義兄のあとにつづいた。

「知里さん……」

いやな予感にかられて胸が苦しくなる。寛は小走りで、二人が消えた場所に急いだ。

広大な公園の周縁部分を、鬱蒼とした木立がぐるりと囲んで森になっている。昼間は子連れの家族などの散策スポットになりそうな場所。だがこんな時間になると、薄気味悪さしか感じられない。

（どこだ……どこに行った……）

気配を忍ばせ、寛は森を奥へと向かった。めいめいに枝葉を広げる木立の中に入ってしまうと、闇の濃さはいっそう深いものになる。

「ああ、いやぁ……」

（えっ）

さらに奥へと進もうとすると、突然少し離れた場所から、困惑したような女性の声が聞こえた。寛はギクッとし、動きを止めて全身を耳にする。

「やめて……やめて、義兄《にい》さん……」

「そんなこと言わないで。ああ、知里ちゃん……」

「いやあ……んむぅ……」

（知里さん！）

ここまでとどく男女の声には、はっきりと知里の名を呼ぶものまであった。しかも二人の会話には、なにやらただならぬ雰囲気がある。

（おいおい）

まさか知里がいやがっているのに、なにかされているのかと浮き足だった。心臓をバクバクと脈打たせつつ、寛は声のする方にそろそろと近づく。

声は一気に近づいて、いっそう生々しさを増した。

「知里ちゃん、ああ、知里ちゃん」

「に、義兄さん、んっあぁぁ……」

（知里さん。俺が助けてあげる、今。ああ、知里さ――）

衝きあげられる心境で、寛はさらに近くまで距離をつめた。

木立の向こうに、とうとう二人のものらしき姿が見える。寛は勢いにまかせ、その場に飛びだしていこうとした。

ところが――。

（……えっ）

飛びだす寸前ギリギリで、彼は自分を制した。

闇の中で動きを止め、じっと目を細める。思わず悲鳴をあげそうになった。

（ええええっ？）

「ハアァン、義兄さん……困る、こんなところで……あっあっ……」

「おお、知里さん。うまいなあ、今日も知里ちゃんのおっぱい。んっんっ……」

……ちゅうちゅう。ちゅぱ。

「あっあっ、いや、困る、どうしよう……ハアァン……」

(知里……さん……？　ええっ……？)

なにかのまちがいではないかと寛は思った。それほどまでに、今見ている光景に判断が追いつかない。

知里は大樹の幹に背中を預け、天を仰いでいた。服とブラジャーを鎖骨《さこつ》の方まで引き上げられ、たわわなおっぱいが露わになっている。

そこにむしゃぶりついているのは修平だった。知里の姉の夫であるはずの男は、片手でもうひとつの乳房を鷲づかみにし、ねちっこい手つきで揉みしだきながら、まん丸にふくらんだ片房の頂《いただき》に吸いついている。

……ちゅうちゅう、ちゅうちゅうちゅう。

「あぁン、義兄さん……だめ、もうこういうことは……あっあっ……」

(ち、知里さん)

知里は困ったように、いやいやとかぶりを振ってショートの黒髪を乱した。懸命に義兄を押しのけようとするものの、その動きはどこか緩慢で力が入らない。

もっといやがっているかと思っていた寛は、身も心もフリーズした。

「だって好きなんだ、知里ちゃん」

修平は訴えるように言う。

「に、義兄さん……」

「俺の気持ち、知ってるだろう？　それに、自分だってまんざらでもなかったじゃないか。それなのに、どうしてあんな男とつきあいだしたんだよ」

（――っ。なんだって）

寛は耳を疑った。

固いはずの地面がグラグラし始めたような錯覚にも囚《とら》われる。

今この男は、いったいなにを言ったのだ。

「だ、だって……いくら義兄さんが好きでも、義兄さんは友希姉ちゃんの旦那さんだし……あっあっ……吸わないで……そんなに乳首、舐《な》められたら。んっあああ……」

（知里さん。ああ……）

ついに地面が割れ、奈落の底へと突きおとされたような気持ちになった。バラバラだったいろいろな事実の断片が、残酷なまでのリアルさとともに、すべてそろって一枚の絵になったような心地にもなる。

「あっあっ……義兄さん……義兄さん……アアン……」

「愛してる。知里ちゃん、愛してる」

「やめて……私……私……ハアァァ……」

（ううっ……⁉）

修平は生々しい音を立てて乳首を吸い立てるばかりか、いやらしく舌を躍らせて、れろれろとさかんに乳首を舐めた。

闇の中でも、次第に目が慣れてきている。寛は見た。知里の乳首はビンビンに勃起し、キュッと締まった卑猥な丸みを見せつける。

「俺への当てつけかい？　あの男とつきあいはじめたのは。んっんっ……」

……ちゅうちゅう、ちゅう、ちゅう。

「んはぁ、そういうわけじゃ。い、いい人だよ、寛さん……」

「俺よりかい？　俺より好きになれたのかい？　んっ……」

「ヒイィン……」

義妹のおっぱいにいやらしい責めを繰りだし、嫉妬を覚えていることを隠そうともせず修平はなじった。

激しく舌を躍らせて乳首を弾《はじ》き、もう片房の乳首を指でつまんでねじりあげる。

「に、義兄さん、痛い……痛いよう……」

……ギリギリ。

「痛くしているんだ。俺がいながら、あんな男とつきあうなんて。くっ……」

「ヒィン、痛い。やめて……乳首、変になっちゃう。あああ……」

(知里、さん……)

修平が感じているのは燃えあがるようなジェラシーのようだが、それは寛も同様だ。いや。今現在、知里を自由にできているのが修平である分、こちらの嫉妬心のほうが強烈だろう。

この人は——今、他の男に乳を吸われている人は、自分の恋人だったはずではないのか。少なくとも、まだ別れてなどいない。

「なあ、いいだろう、知里ちゃん。エッチしようよ。もう俺、我慢できないよ」

ねちっこい責めで義妹の乳を責め立てながら、修平は知里に求める。

「義兄さん。あっあっ……」

「したい。知里ちゃんとしたい。どれだけ待たせれば気がすむんだい。愛してるって言ってるだろう」

「ハァン……」

(うおお……)

はじめて耳にする知里のあえぎ声は、すさまじい破壊力。

恋人だと信じていた女性が、他の男の手で淫らな声をあげていた。

その現場に遭遇するとはこれほどまでに耐えがたいものだったのだと、初めて知る思いが寛にはした。

頭を抱え、髪をかきむしり、悲鳴をあげたい気持ちになる。

だが彼は、すんでのところでそれをこらえた。

たった今、修平は「どれだけ待たせれば気がすむんだ」と言った。つまりまだ、二人に身体の関係はないということか。

(ち、知里さん!)

「なあ、知里ちゃん。いいだろう。俺がどれだけ待ったか――」

「に、義兄さん」

(あっ!)

知里は、自ら義兄の唇を求めにいった。それ以上なにも言わせないためにとも見えはしたが、あふれだす思いに突き動かされてとも見える。

いずれにしても、寛にしてみればショック以外のなにものでもない。

「おお、知里ちゃん……んっ……」

「義兄さん……義兄さん……んっんっ……」

……ちゅっちゅ。ちゅぱ、ぢゅる。

二人はとろけるような接吻に浸った。攻守ところを変えるかのように、知里のみちびきで、今度は修平が巨木に背中をもたせかける。

キスをする二人の口もとからピチャピチャと淫靡な汁音がした。

嫉妬心にかられた寛にしてみれば、心をささくれ立たせずにはいられない、地獄のような音色《ねいろ》である。

（くそっ。くそおおおっ）

「口で……義兄さん、口で、してあげるから」

やがて、ねっとりとしたキスを終えると、恥じらいに満ちた調子で知里は言った。

闇は濃く、光などほとんどなかったが、その頬が朱色に染まっていることが寛には分かる。

「知里ちゃん。だからもう俺、知里ちゃんとそれ以上のところまで進みたくて――」

「ねっ。それで許して。お願い、義兄さん」

知里の言葉に、修平は眉を八の字にして繰《く》り言《ごと》めいたことを言った。

しかし知里はそんな義兄に哀訴する。

もう決まったことだとばかりに、修平の眼前に膝立ちになった。

不服そうに唇をすぼめる修平に有無を言わせず、スラックスのベルトをゆるめ、ボタンをはずしてファスナーを下ろす。

（ああ……）

どうやらこれまでも、こんな行為を何度もくり返してきたらしい。まだ身体の関係がないらしいことに安堵する自分もいたものの、ペッティング的な行為まではすでに行なっていたのだと思うと、寛はやはり、悲しみととまどいを隠しきれない。

（知里さん……）

「おお、知里ちゃん……」

羞恥に頬を染めながら、知里は義兄のスラックスを下着ごと膝までずり下ろした。

なんのかのと文句をたれながらも、修平の肉棒はすでに臆面《おくめん》もなく勃起している。

粗チンとまではいかなかったが、寛の持ちものに比べたら一回りも二回りも迫力に欠けた平均サイズのペニス。それでもぶわりと亀頭を肥大させ、淫らなやる気をパンパンに張りつめさせている。

「はうう、義兄さん……」

こんな行為に及ぶことは、やはり本意ではないのかも知れなかった。闇の中に見える知里の横顔は、恥じらいととまどいを色濃く忍ばせる。

それでも知里は、ギンギンに勃起したペニスを握った。

ぎこちない手つきでしこしことしごき、修平ににじり寄る。

2

「知里ちゃん……」

「義兄さん、これで許して。私には寛さんが……んっ……」

（うわああっ……）

……ピチャピチャ、んぢゅちゅ。

「うおお、知里、ちゃん……」

「んっんっ……んっんっんっ……」

知里は小さな口から、ローズピンクの舌を思いきり飛び出させた。

とけかけのソフトクリームでも舐めるように、白魚《しらうお》の指に極太を握り、音を立てて亀頭に舌を擦りつける。

(知里さん、そんな。おおお……)

恋人であるはずの女性が、他の男の勃起に奉仕をする姿に、いやでもジェラシーをあおられた。

つまり知里は、義兄とよからぬ関係になりかけていたのであろう。だがそんな関係に罪悪感を覚え、逃げ場を求めるかのように寛とつきあうことにしたのだろう。

だが寛との関係が進展しそうになると、後ろ髪を引かれるように修平への思いも再燃した。決して寛のことなどどうでもよいと思っていたわけではなさそうだが、知里が寛と義兄を両天秤にかけるかのようにして、どちらとも煮えきらない関係を続けてきたことは事実のようである。

(なんてことだ)

ようやく謎は解けた。

だが、だからと言ってめでたしめでたしとは到底ならない。むしろ、知らないほうがよかったかも知れない残酷な現実。寛は途方に暮れ、そして――。

「んああ、義兄さん……んっんっ……」

……ピチャピチャ、れろん、ぢゅちゅ。

いやらしい舐め方で修平の怒張に奉仕をする、可憐な女性に暗澹《あんたん》たる心地になる。

(ああ、知里さん)

「知里ちゃん……ほら、全部咥《くわ》えて……」

修平は、天を仰いでうめくように求めた。

本番行為に及ぶことは今夜は無理らしいとあきらめたのか。その分許された範囲で、卑猥な快楽をとことん享受しようとするような雰囲気がある。

「ハァアン、義兄さん……？」

頬を赤らめ、はしたない行為を続けていた知里は、ねっとりと潤んだ両目で修平を見た。そんな義妹を見下ろす修平の目に、ギラリと妖《あや》しい濁りが増す。

「こうだよ。なあ、今日もこうしてほしいんだ！」

(あっ！)

——ヌプププッ！

「んっぷぷぷうっ。んぐぐっ、にい、さん……」

もしかしたら、いくらかいじけているのかも知れない。修平はどこか乱暴な感じで、許しも得ずに知里の口中に強引に男根をねじりこむ。

「ほら、しゃぶってくれよ、知里ちゃん。今日も知里ちゃんの口マ×コで、俺をいっぱい気持ちよくして！　そらそらそらっ」

(うわっ。ぅわああ)

……バツン、バツン、バツン。

「んぷぷぅっンン。んぐんんぅぅっ」

いつしか二人の行為は、知里が主導権を握るフェラチオから、修平が先導するイラマチオへと形を変えた。

修平は大樹から背を放し、浅黒い指を食いこませた。

知里の黒髪に、浅黒い指を食いこませた。

おまえがすると言うからしてもらうんだ、文句ないよなと言わんばかりの強引さで、自らカクカクと腰をしゃくる。知里の小さな口の中にヌポヌポと、どす黒い怒張を突きさしてはすぐに抜く。

「んっぷぷっ、んっんんっ、ハァアン、義兄さん、義兄さん、んっんんっ」

「な、舐めて、知里ちゃん。亀頭を舐めて……ああ、そうそう、その調子……」

「んむぅ、んむぅ……はぁはぁはぁ……」

どうやら知里は乞《こ》われるがまま、口中で暴れるペニスに、ふたたび舌奉仕を始めたらしい。

なおも激しく腰をしゃくりつつ、修平は上を向き、うっとりした表情になった。

(くそお、あの野郎……あっ……！)

我が物顔で知里の口を使う修平に寛は怒りを覚えた。だが同時に、気づけば自分の股間が思いきりテントを張っていることにも気づく。

(なんてことだ)

あまりの情けなさに、途方に暮れる思いがした。

悲しいことも怒りを覚えていることも嘘ではない。それなのに、ペニスはガチンガチンに反りかえり、痛いほどの痛みを放つ。

数メートル先で他の男のペニスを頰張る、恋人のはずの女性に今まで感じたことのない感情を覚える。

(ああ、知里さん！)

「んっんっ、むんぅ、義兄さん、苦しい……んっんっ……」

「おお、出る。そろそろ出るよ、知里ちゃん！」

「んんんっ⁉」

――パンパンパン！　パンパンパンパンパン！

どうやら最後の瞬間が近づいてきたようだ。修平はさらに両脚を踏んばり、怒濤《どとう》の勢いで腰を振った。

「んっんっ、むぶぐぅ、んっんっ！」

剝きだしの股間が、生々しい音を立てて知里の美貌をたたく。知里は硬直したように動きを止め、ギュッと目を閉じ、ただ口だけを義兄に捧げる。

修平の股間に知里の小顔がめりこむたび、丸だしになったままのおっぱいが、たゆんたゆんと激しく揺れる。

（くそっ、くそおおっ！）

寛は地団駄を踏む思いで、その光景を見た。股間にテントを張ったまま、なすすべもなく立ちつくした。修平の股間は猛烈な速度で前へ後ろへと振りたくられる。

「んっんっ、むんぅ、むんぅ、義兄さん、義兄さんっ！」

「ああ、出る。うおおおおっ！」

「んんんぅぅっ⁉」

――どぴゅどぴゅどぴゅっ！

「ぷはあっ⁉　あん、いやあ……」

（ああ、知里さん……）

射精の瞬間、修平は義妹の口からペニスを抜いた。怒張の矛先を知里の小顔に向け、顔面シャワーをお見舞いする。

水鉄砲の勢いで、亀頭から次々と新たなザーメンが撃ちだされた。できたての精液が、ビチャビチャと湿った音を立てて知里の顔をたたく。

知里は硬直し、固く両目を閉じたまま義兄の精液を被弾していく。彼女の顔から立ちのぼる湯気が、寛の位置からでもはっきり分かる。

「おお、気持ちいいよ、知里ちゃん。ああ……」

「に、義兄さん。んああ……」

修平は気持ちよさそうに目を閉じ、陰茎を脈打たせた。

（最悪だ）

美貌をドロドロに穢《けが》される恋人を見ながら、寛はむなしく勃起をうずかせた。

第四章　未亡人の目覚め

1

「ごめんなさいね、寛さん。ありあわせばかりで、たいしたおもてなしはできないんだけれど……」

「いえ、そんな。あっ、すみません……」

寛は恐縮し、亜矢子にグラスを差しだした。

向かいに座った未亡人は色っぽい笑顔を見せながら、寛のグラスによく冷えたビールを注いでくれる。

「じゃあ、乾杯。こんな遅くで悪いけれど」

「はい、いただきます。うれしいです」

亜矢子のグラスにもビールを注ぎかえし、二人は軽くグラスを合わせた。緊張しながらグラスに口づけ、琥珀《こはく》色の液体を喉の奥に流しこむ。

ちらっと見ると、未亡人も艶やかな挙措でグラスを傾けていた。白く細い喉がわずかに動き、ビールを嚥下《えんげ》する小さな音が聞こえる。

「ああ、よく冷えてる……おいしい。ンフフ」

「ええ、ほんとに」

目と目を見交わし、二人はどちらからともなく微笑んだ。改めて亜矢子に進められ、寛は箸《はし》を取る。

「あやの泉」の食事処は、掘りごたつ式の和風の席が通路の両側に並ぶ造り。

食事処の入口に受付があり、そこで注文をした品をセルフサービスで厨房の窓口から席まで運ぶシステムだ。

もっとも今は、すべて亜矢子が一人で段取りを整えてくれた。

二人が挟んで向かいあう卓上には、ちょっとした居酒屋並みのつまみの数々が並んでいる。

焦がし醤油の鶏の唐揚げにピリ辛メンマ。刺身の盛り合わせもあれば、ポテトサラダにきんぴらごぼう、卵焼きに漬物まである。

「おいしいです」

寛は亜矢子の用意してくれたつまみを次々と口に入れ、心からの感想を口にした。

食事処のメニューに関しては、かねてより亜矢子が目を光らせてきたという。

そんな彼女のこだわりのおかげで、このスーパー銭湯の食事は質が高いと客たちにも評判がよかった。

寛も個人的に利用させてもらったが、たしかにそうした評判もむべなるかなと感心したものだ。

今日は閉館後の食事処に、亜矢子から誘われた。

「あやの泉」では寛の提案した企画にしたがい、さまざまなプチリニューアルや集客のためのイベント企画などの準備が始まっていた。

会社が提携するインフルエンサーたちの協力を仰ぎ、インターネットでのＰＲ活動も時期を見て本格化させようと、そちらの準備も進んでいる。

今夜の接待は、ここまでの寛の働きぶりに感謝をしてということのようだった。ただし「じつは、いろいろと相談したいこともあるし……」とも、亜矢子からは言われていた。

知里の秘密を知ってしまってから、十日ほど経っている。

あれからも知里とは以前と同じ態度で接するようにはしていたが、こちらからデートを申しこんだりはしていない。

どうしたものかと、悶々とする日々がつづいていた。鬱屈したものを抱えながら、寛は仕事で「あやの泉」に通うようになっていた。

そして、いつしかスーパー銭湯に通う目的は知里に会いたいからではなく、孤軍奮闘でがんばっている亜矢子の力に少しでもなりたいからというものに変わってきていることにも気づいていた。

それは明らかに、正しい姿ではないと自分でも分かりながら。

「それで……社長、相談というのは」

食事が進み、酒の酔いも手伝って、いくらか場がこなれてきた時を見計らった。寛は居住まいを正し、気になっていたことについてそれとなく水を向ける。

正直、察しはついていた。

ここを訪れるたび、亜矢子が友希と、スーパー銭湯の今後について意見を交わしあう現場を何度も目撃したからだ。

友希は夫の修平が作成したというさまざまなデータを理由に、このスーパー銭湯の未来には相変わらず否定的な態度をとっていた。

──寛くん。ほんとにこの銭湯、やっていけるって思っているの？

友希は亜矢子をサポートする立場になった寛にも、誰もいないところで疑問をぶつけたことも一度ならずある。

正直、勝算は六分四分から五分五分といったところだった。

少なくとも、姉妹が心をひとつにして闘おうとしなければ、勝てる勝負も勝てないとは思っていた。

それなのに、友希は完全に反対派で、知里もいまだ態度を鮮明にしていない。

それどころか、知らないところで二番目の姉の夫と誰にも言えない関係におちいりかけているというのだから、寛が奥歯に物の挟まったような物言いにならざるを得なかった。

「言ったでしょ、社長なんて言わないで」

生真面目に背すじを伸ばす寛に、照れくさそうに亜矢子は言い、改めてビールを注ごうとした。

「は、はあ。あ、すみません……」

「ンフフ」

寛は丁寧に頭を下げ、もう何杯目になるか分からないビールを並々と注いでもらう。

「……」

こぼれそうなビールに口をつけつつ、ちらっと亜矢子を見た。

さほど強くはないという酒のせいで、未亡人の美貌にはなんとも色っぽい朱色が差し、艶やかさに拍車がかかっている。

すでに亜矢子は酒から烏龍茶《ウーロン》に飲み物を切りかえ、新たなつまみを用意してくれたり、なんのかのと気づかってくれていた。

スーパー銭湯の制服として使っている作務衣《さむえ》から、リラックスした私服に着替えている。

グレーのニットセーターに、ワインカラーのスカート。

胸もとに盛りあがるたわわなふくらみは、今日も惜しげもなくユッサユッサと揺れている。

「それに」

寛の視線に気づくこともなく、亜矢子はぽつりと言った。

彼を見て白い歯をこぼす。

「聞きたかったのは、プライベートな話についてだし」

「えっ。プライベート？」

亜矢子が楚々とした笑顔になった途端、パッと花が咲いたように、周囲が明るくなったと感じた。

不意をつかれる美しい笑みに、寛はドギマギしてしまう。

「プ……プライベートって言いますと?」

ぎくしゃくしながら、寛は亜矢子に問いかけた。

亜矢子は口もとに笑みを浮かべたまま、烏龍茶のグラスに口をつけ、肉厚の唇を舌で小さく舐めた。

2

(怖い……でも、聞かなければいけないもの……)

亜矢子は臆しそうになっている自分に、必死にむち打った。

上目づかいに寛を見ると、知里の恋人である青年は不安そうに、そんな亜矢子を見つめ返している。

今夜の趣旨は、ここまでいろいろと銭湯のために尽力してくれた寛の労を、責任者としてねぎらおうとするものだった。

そしてそのついでと言ってはなんだが、このところうまくいかない友希たち夫婦とのトラブルについて意見を聞いてみたいとも思っていた。

だがそんなことより優先的に、聞かなくてはならないことが出てきてしまった。

知里とのことだ。

「寛さん」

亜矢子は意を決し、寛に言った。

「知里と……うまくいっているの？」

「……えっ」

（やっぱり）

質問した途端、青年の表情は胸が痛むほど強ばりを増した。聞かれたくないことを聞かれてしまったとばかりに両目が泳ぐ。

二人の様子がおかしいことに気づいたのは、不覚にもつい最近のことだった。

寛と進めていた企画の進捗《しんちょく》や、友希たち夫婦との衝突にばかり気を取られ、大事なことに目が行きとどいていなかった。

知里の様子がおかしいのだ。

見れば寛にも、知里との間に距離を感じる。

いったいなにがあったのか。どうしてこんなことになってしまっているのか。聞きたいことは山とあった。

だがそれを聞くことは、なにかが終わってしまうことを意味しているような気もした。

亜矢子にしてみれば、彼女なりに相当な覚悟を決めての問いかけだった。

「しゃ、社長」

「お義姉《ねえ》さんでいいから、今は」

「……お義姉さん」

寛はうつむき、手にしたグラスを所在なげにもてあそんだ。どうしたものかと、返事に窮しているのは明らかだ。

「なにかあった、知里と？」

「それは……」

やはり、なにかあったのだ。

この青年の困惑しきった態度を見れば、もはやそれは明白である。

だがいったいなにがあったというのだ。亜矢子から見ても、二人はお似合いのカップルに思えた。

寛のような好青年にならと、安心して大事な妹を任せられた。そしてそのことは、当の知里にもしっかりと伝えている。

そのときの知里は「うん」と嬉しそうに相好《そうごう》をくずしたものだったが……。

自分の知らない間に、二人の間にいったいなにが起こってしまったのだろう。

「……？　寛くん……」

ずいぶん時間を与えたつもりでいた。しかし寛は、いつまで経っても口を開こうとしない。

ぬるくなったグラスを両手で握りしめたまま、長いこと唇を嚙みしめ、押しだまっている。

これほどまでに、口にするのもはばかられる理由があるのか。

もしかしたら、自分が想像している以上にとんでもないことが起きているのではと、未亡人は今さらのように不安になった。

「ね、ねえ、寛く――」

「言えません」

もう一度名を呼ぶと、しぼりだすような声音《こわね》で寛は言った。

つねにフレンドリーで、笑顔を絶やしたことのなかった青年の、こんな態度は初めて見る。

「ど、どうして――」

「しいて言うなら」

どこか緊迫した様子で、亜矢子の言葉を遮るように寛は言った。気圧《けお》されて、未亡人は口をつむぐ。

「しいて……しいて言うなら……」

見るからに、寛は落ち着きをなくした。言うべきか、やめておくべきかと葛藤しているらしいのがはた目にも分かる。

「寛……くん……？」

「俺……いえ、僕……」

「………」

「………」

「な、なあに？」

わなわなと、寛は唇をふるわせた。青年の緊張がこちらにまで伝わり、亜矢子もまた、そわそわするような心持ちになる。

「寛く――」

（あっ……）

その名を呼びかけ、亜矢子は息を呑んだ。

決意を秘めた真剣そのものの顔つきで、寛がこちらをまっすぐに見つめてきたのである。

「しいて言うなら」

「………」

「僕は……知里さんではなく、お義姉さんのために、この銭湯に来ています」

「……えっ？」

思わず眉をひそめ、聞きかえした。

かわいい青年は、恥ずかしそうにうなだれ、ポッと顔を赤くする。

思わず「まあ、かわいい」と思ってしまいそうなういういしい姿。

亜矢子は母性本能をかき立てられたが、今はそんなものをかき立てられていてよいときではない。

「あの、寛くん……それって……どういう意味かしら」

知里ではなく自分が目的だなどと言われると、ますますわけが分からない。

やはり知里となにかあったらしいことだけは分かるものの、亜矢子の不安はいっそうつのる。

「僕も、今ずっと考えていました」

頬を赤らめながらも、真摯《しんし》な表情で寛は言った。

「この気持ち、なんなんだろうって……でもって、ようやく気づいたんです」

「な……なにを？」

「お義姉さん」

「えっ……」

寛は掘りごたつ式の席で態勢を変え、正座をした。うしろに下がり、床に指をついて頭を下げる。

「ひ、寛くん」

「僕……お義姉さんの役に立ちたくて、ここに来ています。知里さんとは……おそらくもう無理かも知れないって思っています」

「えっ⁉ そ、それはどうして――」

「言えません。言えませんけど、お義姉さん」

顔をあげ、寛は思いつめたように言った。

「お義姉さんに甘えたいです」

「えっ、ええっ？　寛くん。あっ……」

寛は立ちあがり、テーブルを回ってこちらに近づいてくる。

（えっ。えっえっ⁉）

「寛くん」

お義姉さんに甘えたい――今青年は、そう言ったのか。

だとしたら、いったいなんなのだ、この展開は。

分からない。まったく意味が分からない。

「あの――」

「分かっています、メチャメチャだって。僕の言っていることもやっていることも。

でも……でも――」

「きゃあああ」

亜矢子は悲鳴をあげた。思いつめたような表情で、寛がいきなりむしゃぶりついてきたのである。

「寛くん⁉　あああ……」

青年の勢いに負け、亜矢子は床に押し倒された。仰向けになった彼女に、顔を真っ赤にして寛がおおいかぶさってくる。

「ちょ……ちょっと、寛くん！」

「お義姉さん、甘えたいです」

またも寛はそう言った。亜矢子はうろたえる。

「あ、甘えたいって——」

（えっ）

顔を見て、ふいをつかれた。

寛は——泣いている。

その目にじわりと滲《にじ》みだした涙を、ユラユラと揺らめかせているではないか。

「ひ、寛くん」

「分かっています。俺、ひどいことをしている。お義姉さんの気持ちなんて何も考えずに、ひどいことを……でも……でも、お義姉さん！」

「あああ」

寛は熱烈に、亜矢子にふるいついた。まさに全身全霊で、というような激しさで、未亡人の肢体をかき抱く。

亜矢子はとまどった。

こんなことは認められるものではない。断じて。

なぜならこの青年は末の妹の大事な人――知里にあわせる顔がないようなことは、絶対にできない。

だが、そうは思いはするものの――。

「お義姉さん、ごめんなさい、ごめんなさい。お義姉さん。うっ……」

(な、泣いている)

寛は熱っぽく亜矢子を抱きすくめ、白い首すじに顔を埋めて慟哭《どうこく》した。

身も世もなく感情を露わにし、「甘えたい」という言葉どおりの禁忌《きんき》な行為に身をゆだねようとする。

「……寛くん、ど、どうしたの。なにがあったの」

亜矢子は問いかけずにはいられなかった。

なにがなにやら、皆目要領を得ない。

ただそんな自分にも、自信を持って言えることがあった。

それは、この青年が基本的にとてもまじめで、信用できる人物だということ。そう思えたからこそ、彼女は今夜もこんな形でこの青年と二人きりになった。

そういう意味では、驚き以外の何ものでもない展開ではある。

しかし、自分に抱きつき嗚咽《おえつ》する青年のせつない行為の裏には、やはりなにかが関係している気がする。

「寛くん、いけないわ。なにがあったか知らないけど、私、あなたとこんなこと」

「お、お義姉さん」

亜矢子は寛を押しかえし、彼に理性を求めようとした。

だがそれは逆効果だったか。

寛はさらに強く未亡人を抱きすくめ、あふれる想いを持てあますように首を振り、亜矢子のうなじにすぼめた唇を押しつける。

……チュッ。

「ああああ」

「――っ。お、お義姉さん……」

(い、いやだ、私ったら……!)

寛も驚いた様子だが、亜矢子もびっくりしていた。

なんなのだ、今の私の声は。

たった今、この場にひびいた品のない嬌声が自分の喉からほとばしりでたものだと分かり、亜矢子は羞恥にかられる。

ただ、首すじにキスをされただけだった。

それなのに、思いもよらない電撃が首すじからはじけ、乳首へ、肛門へ、局部へと、甘酸っぱい電気がビリビリと流れる。

夫を失って、早三年。

女一人の身となってからは、新たな恋を求めることもなく「あやの泉」の経営に没頭した。

もちろん三十七歳の熟れ女体がせつなくうずく夜もないではなかった。

しかし亜矢子は亡き夫への操《みさお》から、オナニーの誘惑にさえあらがって今日まで生きてきた。

夫と二人で暮らしたマンションの部屋には、すぐそこに夫の遺影や位牌を置いた小さな仏壇がある。

そんなものが近くにありながら、いけない指遊びに耽《ふけ》ることなど、まじめな亜矢子にできるはずもない。

せつなくて苦しくて、もうどうにもならないというほど、性欲が強いわけでもなかった。

少なくとも、そう思って今日まで来た。

そんな亜矢子だからこそ、思いがけない今の快美感は青天の霹靂《へきれき》だ。

かつて自分を愛してくれた亡きあの人のキスですら、ここまで強烈に感じたことはなかった。

未亡人になってからの三年の間に、この肉体に思いがけない変化が起きているのであろうか。

「お、お義姉さん、感じますか、やっぱり」

(やっぱり?)

やっぱり、とはどういうことかと不審に思った。

だが寛はハッとしたようになり、それ以上はなにも言わない。それどころか、ふたたび亜矢子を抱きすくめ、今度は反対側のうなじに——。

……チュッ。

「あああああ」

熱っぽく口づけられ、またしても亜矢子は我を忘れた声をあげた。

そんな自分のはしたない反応に、激しい恥じらいを覚えながら……。

3

（ああ、亜矢子さん！）

寛は天にも昇る気持ちである。

亜矢子の反応に触れた途端、忘れていた友希の言葉が蘇った。

『だって私、はっきり言ってスケベだからさ。淫乱なんじゃないかって思っちゃうぐらい。でも私だけじゃないと思うわよ？　だって私たち、姉妹なんだから……』

誰にも言えない淫らな行為に溺れたあの夜、積極的な次女は確信に満ちた態度でそう言ったのだった。

そして、その言葉を証明するような反応を、楚々とした未亡人は首すじに接吻をされただけで寛に示した。

（もうだめだ。だめかも知れない……！）

せつない気持ちで寛は思った。

まさかこんな展開になってしまうだなんて、二人で宴を始めたときは思いもしなかった。

だが知里のことに水を向けられ、気づけば寛はこんな風に、亜矢子に甘えてしまっている。

知里についてのくわしいことは、寛の口からは言えなかった。
言えるはずがない。

寛がそれを暴露することは、考えようによっては根本的に、仲のいい三姉妹の関係を変えてしまうかも知れない危険性を孕《はら》んでいる。

亜矢子はおろか、友希にまで真相が知れたときのことを想像すると、軽率な真似はできなかった。

しかし寛はそんな風に思いはしつつ、知里との関係を心配そうに聞いてくれた亜矢子に胸を甘酸っぱく締めつけられた。

ずっと感じていたことではあるけれど、寛がこの「あやの泉」に熱心に通っている理由のほとんどは、知里ではなく亜矢子の力になりたくてという風に変わってきていた。

恋人の姉だからではなく、敬愛すべきビジネスパートナーだからというだけでももちろんなく、一人の女性として尊敬できる、いや、もっと大胆に言うなら、一人の女性として心奪われるものを感じていたからだということに、先ほどの長い沈黙の果てに寛は気づいた。

だが、そんな自分の想いを言葉で説明することは限りなく難しい。

しかも、知里に裏切られた悲しみや憤懣《ふんまん》を、何の罪もないこの人にぶつけかけている部分も、まったくないわけではなかった。

だから寛は――。

――お義姉さんに甘えたいです。

ありったけの思いを、この言葉にこめて亜矢子にぶつけた。

不覚にも、抱きしめた途端涙があふれてしまったが、決して演技などではない。

言うに言えない想いを、この楚々とした大和撫子にぶつけて癒やされたかった。

「大丈夫よ、大丈夫」と抱きしめられ、頭を撫でてもらいたいような気持ちにさえなった。

だがもちろん、そんなことまでしてもらえるとは、おめでたい自分でも思ってはいない。

ただ、ぶつけたかった。このせつなさを、悲しみを。

亜矢子への鬱屈した激情を。

そうした想いから首すじに吸いついた途端、寛は思いだしたのだ。

この人もまた友希とDNAを同じくする、美しいその姿からは想像もできない、とんでもないものを秘めた人かも知れなかったことを。

「お義姉さん、ごめんなさい。許されないって分かってます。でも俺……もう我慢できなくて」

「寛くん、待って。ちょっとま——」

「亜矢子さん。亜矢子さん」

寛は初めて、亜矢子の名を本人の前で口にした。

そして——。

……ちゅうちゅう。

「うあああ」

暴れる肢体をかき抱き、首すじに吸いついて接吻をくり返せば、熟女の喉から漏れる声にはますますケダモノじみたひびきが混じった。

しかも——。

「おお、亜矢子さん……」

「ち、違うの。違う、私いつもはこんな女じゃ……」

(言いわけをしようとしている)

つい示してしまう淫らな反応に、なによりもとまどっているのは、どうやら亜矢子本人のようだ。

こんな清楚な美貌なのに、もしかして亡き夫との夜の褥《しとね》では、昔からこんな風に別人のようになってみせたのか。

それとも夫を亡くしてからの三年ほどの年月が、未亡人の肉体を欲望深き体質へと知らない間に進化させたのか、それは分からない。

だがいずれにしても、はっきりと分かることがあった。この楚々とした大和撫子も、やはり一皮剝けばとんでもない裏の顔を持っていそうである。

（こ、興奮する！）

「亜矢子さん。好きになってしまいました……ねえ、そう言ってもいいですか。好きになってもいいですか」

「な、なにを言っているの。いいわけがないじゃない、あなたには知里という──」

「知里さんのこと、言わないでください」

「きゃあああ」

寛はついに、亜矢子の乳房を鷲づかみにした。

Vネックのニットセーター越しであるにもかかわらず、おっぱいをつかまれただけで未亡人は、強い電流でも流されたようにビクンと痙攣する。

（ああ、やわらかい）

想像はしていたものの、はっきり言って想像していた以上であった。とろけるような、とはまさにこのこと。亜矢子の巨乳はふにゅりと苦もなくひしゃげ、弾力的に艶めかしく弾《はず》む。

「あ、亜矢子さん。苦しいです。好きになってしまった……ああ、亜矢子さんに惹かれてしまって……」

「あっあっ、やめて、いけないわ、なにを言っているの。アァァン……」

……もにゅもにゅ、もにゅ。

寛は両手でおっぱいをつかみ、ネチネチとせりあげるように揉みしだいた。

亜矢子は二つ並んでいた座布団を布団代わりにし、そこに仰向けになっている。

「あっあっ。い、いやぁ……」

「亜矢子さん……」

たわわな乳を揉まれるだけで、相当感じてしまうようだ。

そんな自分にとまどったように、熟女は美貌をこわばらせ、いやいやと左右にかぶりを振る。

「くぅう、たまりません」

「きゃああ。ああ、いや、なにをするの。ちょ……いやいや……きゃあああ」

乳を揉みこめば揉みこむほど、不穏な力が寛の全身にみなぎった。

寛は鼻息を荒げ、ニットのセーターを鎖骨まで引きあげる。露わになったベージュのブラジャーも、つづけて一気にずりあげた。

――ブルルンッ！

「おおお、すごい！」

「いやあ。んあああ……」

中から露わになったのは、露天風呂でも覗き見した、エロチックなおっぱい。

Gカップ、九十五センチはあるはずの見事なボリュームと圧倒的な丸みで、寛を息づまる思いにさせる。

しかも、乳のいただきを彩るのは例のピンクのデカ乳輪だ。

間近で見るとデカ乳輪は、やはり何ともいやらしい。三センチか四センチはある大きな直径の乳輪が、二つそろって淫靡な円を描いている。

その真ん中に鎮座するのは、サクランボを思わせる乳首である。

乳首はすでにガチンガチンに勃起して艶めかしくしこっていた。乳首の周囲には気泡のように、いくつかの粒々が浮きあがっている。

「くぅ、亜矢子さん」

「ハアァン」

「ああ、すごい、メチャメチャやわらかい！」

息苦しさにかられ、寛は改めて両の乳房を鷲づかみにした。

マシュマロ顔負けのふくらみがいびつにひしゃげる。それぞれあらぬかたに、二つの乳首を向ける。

……もにゅ、もにゅもにゅもにゅ。

「ハアァン、だめ、寛くん、こんなことをしてはだめ……！」

敏感に感じてしまう自分の肉体にとまどいながら、それでも亜矢子は必死になって、年上の大人であろうとする。

「分かっています。分かっているんです。でも、亜矢子さん……俺、せつないです。んっ……」

……ちゅうちゅう。

「んあああ。ああ、やめて、だめぇ……」

「ああ、いやらしい。亜矢子さん、乳輪大きくてスケベです。興奮します。エロい。

エロい。んっんっ……」

……ちゅぶちゅぶ。んぢゅちゅう。

「ハアァン、そ、そんなこと言わないで。恥ずかしい。んあああぁ」

「はぁはぁ……はぁはぁはぁ……」

（あっ……）

……ぽたり。

「――っ。ひ、寛くん……」

「うっ……ううっ……」

……ぽたり、ぽたり。

（かっこわるい）

寛は恥ずかしくなった。

それは、決して演技などではない。

今夜の自分はいったいどうしてしまったのだろうと本気で思った。

乳を揉みながらいやらしいことを言うや、涙で声が上ずり、視界がかすみ、ぽたっぽたっと大粒の涙が未亡人の美貌にしたたった。

4

(寛くん)

亜矢子は甘酸っぱく胸を締めつけられた。

泣いている。

本当にこの青年は、涙を流して悲しんでいる。

なにがあったのだ、知里との間に。言えないとはどうしてだ。それほどまでに、重大な秘密があるのか。

だが、そんなあれこれに心を乱しつつも、やはり亜矢子は寛の涙にうろたえた。

落ちつかなければと思いはするものの、どうしたのと、抱きすくめてやりたくなってしまう。そんなことをしてしまったら、ますますことはややこしくなると分かっていながら。

「亜矢子さん」

「きゃあああ」

どうしたものかと狼狽した一瞬の隙をつかれた。

態勢を変えた青年は未亡人のスカートをめくりあげ、穿いていたパンティを一気に脱がせようとする。

……ズルリ、ズルズル。

（──っ。は、恥ずかしい）

亜矢子は顔から火を噴きそうになった。

女友だちや友希と比べたら、けっこう豪快に生えてしまっている漆黒の陰毛。知里も自分に似ていたが、亜矢子のほうがさらに豪快だ。

だが亜矢子は、亡き夫に「ああ、剛毛だ、剛毛だ」と驚くほど興奮され、やはり男という生き物は、こんなものにまで淫らな昂ぶりを示す不思議な生き物なのだということを思い知らされた。

いや、男たちが話題にしたがるのは、股間に生える陰毛だけではない。

（寛くんも、乳輪のことを……）

そう。

亜矢子のコンプレックスは、大きな乳輪と平均以上に生え茂る股間の繁茂。

同じ血を分けた姉妹だというのに、少なくとも友希とは違うことに、よけい劣等感を刺激された。

だが案の定、寛もまた恥ずかしい乳輪のことを嬉しそうに言葉にした。

では、剛毛はどうなのだ。

寛もこんな恥ずかしい剛毛が好きなのか、それとも――。

「ああ、亜矢子さん、すごい剛毛。お、俺、こんな剛毛、初めて見ます」

「寛くん、そんなこと言わないで――」

「興奮します。亜矢子みたいにきれいな人の股間がこんなにモジャモジャだなんて。た、たまらない！」

「あああああ」

ねっとりと温かな感触を股間のワレメに感じるや、亜矢子はこの夜いちばんの嬌声をあげた。

同時に頭が白濁し、股のつけ根に裂けた肉溝を舐められる、浅ましい悦びに恍惚《こうこつ》とする。

亜矢子は不安だった。

寛は股間の剛毛に興奮すると言った。

だがそれは、彼にとっては嬉しいことなのか。それともただ意外さに興奮しているだけで、本当は剛毛の女性などタイプではないのか。

(──わ、私ったらなにをばかなことを)

寛にとって自分がタイプかどうかなど関係ないではないか。それなのに、そんなことに不安になっている自分に腹立たしさを覚えた。

だが、そうでありながら彼女には分かっていた。

自分は今、どうしてなのか泣いているこの青年が無性に哀れで、抱きしめたくてたまらなくなっている。

(どうして。どうして……)

「おお、亜矢子さん」

……ピチャピチャ。

「うああ。ああ、舐めないで。舐めちゃいや。ああああああ」

暴れる亜矢子を力任せに押さえつけ、寛は怒濤のクンニリングスをしかけてくる。

亜矢子は狼狽した。

なんだこの快感は。

どうしてこんなに感じてしまうのだ。

いつの間に自分の身体は、こんなにいやらしくなってしまったのだ。

それとも──。

（あなた）

脳裏にありし日の夫の姿が蘇る。

もともと亜矢子がさほど積極的ではなかったこともあり、夫婦の営みはさほど多い方ではなかった。

だがそれでも、たまに夫に求められて身体を開けば、年齢を重ねれば重ねた分、肉体の感度は確かに増していった。

（もしかして）

夫が早世してしまったことでそれっきりになっていたが、自分の肉体はひょっとしたらまだ女の悦びなるものを知らないまま、今日まで来ているのかも知れない。

そんな身体が久しぶりに異性に求められ、本人ですら驚くほど感じてしまっているのだろうか。誰かに触れられることを待ちながら、知らない間にさらに進化していたのであろうか。

（寛くん）

だがその相手が、知里の恋人であっていいはずがない。たとえ知里と寛の間に、なにかがあったとしてもである。

しかし――。

（どうしよう。イッちゃう！　私、イッちゃう！）

「ひ、寛くん。寛くん。あっあっ。ああああ」

「おお、亜矢子さん。んっんっんっ……」

……ピチャピチャ！　レロレロレロ！

寛はケダモノになっていた。

柔和な人柄をかなぐり捨て、一匹の牡になって秘唇に舌の雨を降らせる。

その舌はぬめぬめとザラザラが一緒になった得も言われぬ責め具。夫に抱かれた懐かしい日々がせつないほどに蘇り、そのことにも苦しくなる。

（もうだめ。だめ。困る、困る！）

こんなことで達してしまってはならなかった。

だがどんなに我慢をしようとしても、しびれるほど寛の舌は快く、背すじにぞわぞわと鳥肌が立つ。困惑する意志とは裏腹に、舐められる媚肉から愛欲の汁が分泌して、ブチュブチュと品のない音を立てる。

「ああ、亜矢子さん。いやらしい、いやらしい。はぁはぁ！」

「うあああ。ああああああ」

膣からあふれだした汁にさらに歓喜し、寛はいっそうちゅうちゅうと、もの狂おしくクリ豆を舐めはじき、膣口をこじる。

……れろれろれろ。ちゅうちゅぱ。れろれろれろ！

（だめ。だめええっ！）

「アア、困る、イッちゃう。そんなにしたら。あっあっ。あああ」

「はぁはぁ……亜矢子さん。んっんっ……」

「うあああっ！　あっあああああっ!!」

……ビクン、ビクン。

（あああ……イクッ！）

ついに脳髄が白濁した。視覚も聴覚も喪失し、天空高く吸いこまれていくような気持ちになる。

（恥ずかしい）

なんという醜態。なんという地獄。まさか妹の恋人に、こんなはしたない姿を見られてしまうなんて。

「あっ……あああ……はうう……」

「おおお、亜矢子さん……！」

「み、見ないで……お願い……こんな、私……ハアァン……」

痙攣を止めようとするものの、意志の力でどうにかできるものではなかった。亜矢子は右へ左へと身をよじり、不随意に身体を跳ね躍らせる。

すべてのことがどうでもよくなるような絶頂のエクスタシー。

だがときが経てば経つほどに、じわじわと理性が戻ってくる。

一方の寛は、まだ茹《ゆ》だるような欲望を放出していない。

「はぁはぁ……あ、亜矢子さん！」

いよいよ想いを遂げようと、寛はスラックスのベルトをゆるめた。ファスナーを下ろし、下着ごとスラックスを脱ごうとする。

「や、やめて。やめなさい」

亜矢子はあわてた。

まだ完全には自由にならない身体に鞭《むち》を入れ、ビール瓶《びん》を取る。テーブルの角にたたきつけ、それを割った。

「あっ」

寛は不意をつかれてフリーズする。

「それ以上……それ以上したら、私は死にます」

そう言うと、亜矢子は自分の喉もとに割れた瓶を近づけた。ジグザグに砕けた瓶の破損部分が刃物のように喉もとに向けられる。

「亜矢子、さん……」

「嘘か本当か、試してみたら。試しなさい！」

声が、唇が、身体がふるえた。

怖かった。

だが、これ以上の蛮行は、やはりどうあっても許してはならない。

寛は動きを止めたままだった。

見ればボクサーパンツの中の一物は、驚くほど大きなテントを張っている。

「ううっ……」

「試しなさい！」

亜矢子はさらに喉の近くに砕けた瓶を近づけた。

本気だった。

恥ずかしくて、悲しくて、本当は今にも泣きそうだ。

寛の全身から、荒々しい力が見る見る抜けていく。

股間の一物は、塩をかけられたナメクジのように見る間にしなびた。

第五章　桃尻にお仕置きを

1

「お姉ちゃん、話って……」

「あやの泉」の事務室に知里と寛が呼ばれたのは、それから十日ほどあとのことだった。事務室にいるのは、亜矢子と寛たち三人だけだ。

十二月も、はや四分の一ほどが終わろうとしているころだ。

「っ……」

(あ、亜矢子さん……)

寛と目があうと、亜矢子はあわてて視線をそらした。罪悪感に耐えきれず、寛もつい力なくうなだれる。

彼と亜矢子は、なにごともなかったかのように仕事を続けていた。

あの夜、土下座をして謝罪する寛に亜矢子は言った。

——今夜のことは、なかったことにして。あなたには知里がいるじゃない。どうしてこんなまねを……。

なじるような言い方だった。

だが寛は、言いわけのひとつもできなかった。酔ったつもりはなかったが、酒の勢いもあったかと、反省することしきりであった。

知里の秘密については、やはり口にできなかった。

たとえそれが大元の理由であったとしても、していいはずもないことを、結果的にしてしまった。

ただただ頭を下げて謝罪し、亜矢子の言うとおりにすると誓った。

そしてそれ以来、仕事でスーパー銭湯を訪れても、二度と亜矢子とあの夜のことを話題にはしなかった。

というより、最低限の仕事の話しかしない関係へと二人は変わった。

だから、いきなり知里と事務室に呼ばれ、いったいなにごとかと緊張した。

「ちょっと頼みがあるの」

亜矢子はこわばった笑顔で知里と寛に言った。

「二人で友希の家に行って、話をしてきてほしいのよ」

「えっ……」

「しゃ、社長……」

とまどう知里と寛に、亜矢子は柳眉を八の字にして説明をした。

寛が立てたＰＲプランを採用した亜矢子は、彼と一緒に集客のためのイベントをスタートさせようといろいろな準備をつづけていた。

ところがそんなさなか、身売り推進派の友希と、とうとう本日激しく衝突し、友希は仕事をボイコットして夫の修平とともに自宅に帰ってしまったのだ。

「私が行ってもよけいにこじれるだけだから。知里、悪いけどあなた、ちょっと行って話をしてきてくれない？」

「わ、私が？」

「寛さんもいっしょに行ってもらえないかしら。こんなことまで頼んでしまって本当に悪いけれど」

「いや、は、はあ……」

亜矢子の考えていることは、寛には想像がついた。

このごろともに過ごす時間が少なくなっている寛と知里に同じミッションを与えることで、一緒に行動させようとしたのだろう。

だが案の定、知里はうろたえた。当然だ。友希の家に行けばそこには修平もいる。知里にしてみれば、寛と一緒に訪ねたい場所では絶対にない。

だが、もちろん亜矢子には、そんなことは分からない。

「お願い。私は友希がいない間、リラクゼーションルームの方をなんとかしないといけないから、ちょっと行ってきてもらえる？　寛さん……」

「わ、分かりました」

亜矢子にそう言われると、断ることはできなかった。

なおも躊躇《ちゅうちょ》して唇を噛む知里を横目で見ながら、寛は亜矢子にうなずいた。

2

寛は、美人三姉妹の露天風呂入浴をこっそりと出歯亀した、あの十月半ばの深夜のことを思いだした。

あのとき、亜矢子と友希は一足先に風呂に入って戯《たわむ》れていたのに、知里だけが遅れて風呂に来たのだった。

それまで一人で、いったいどこにいたのだろうといぶかった。

だがおそらく知里は、修平と電話かなにかでこっそりと連絡を取りあっていたのではないだろうか。

なんの証拠もなかったが、寛は今でははっきりとそんな確信を抱いていた。

「ひ、寛さん……ほんとに、貸切個室へ？」

寛と知里は友希夫婦の家に行き、「あやの泉」に戻ってきたところである。

亜矢子には、今日はこれで失礼すると挨拶をしたが、知里には貸切個室の鍵を持ってきてほしいとこっそりと頼んだ。

「言ったよね、知里さん」

少ないとは言え、館内には客たちの姿もあった。

寛は小声で知里に言う。

「知里さんと、ちょっと話したいことがあるんだ。人のいないところがありがたい」

「で、でも」

知里はとまどった。

四つある貸切個室は現在どこも空室で、今夜は予約客も入っていない。

だが、だからといって私事で――しかも無断で使ってよいはずもなく、知里がとまどうのも無理はない。

だが寛は、もはや我慢ができなかった。

「あとで……仕事が終わってからとかじゃだめ?」

「今すぐ話がしたい」

とまどう知里に寛は言った。

声をひそめ、彼女の耳もとで言う。

「修平さんのことでって言っても、話をさせてもらえない?」

「えっ……」

知里はギョッと目を見開いた。

言うに言えない思いのすべてを、寛は知里を見つめる視線にこめた。

知里はうつむき、ようやく寛の求めを承諾した。

友希たち夫婦の自宅に知里と行ったことで、噴きだすような寛の悲しみは、もはやこらえようもないほどまでに高まっていた。

すでに亜矢子には報告したが、友希たち夫婦は亜矢子がじかに話をしにくるまで、職場に戻る気はないと言いはった。

そもそも自分が反対しているにもかかわらず、寛と勝手にいろいろと進めていることにも納得がいかないと、これまで決して口にしなかったことにも、友希は初めて言及した。

そんな友希の気持ちは、正直寛にもよく分かった。

無理もないだろう。

だが同時によく分かったのは、友希が主導して身売りを推進しているのだと思っていたが、どうもこの運動をリードしているのは夫の修平のほうらしい。

友希は夫の不貞に憤《いきどお》りながらも、やはりまだ彼を愛しているのだろう。

修平を失いたくないという思いもあってか、彼に煽動《せんどう》されるがまま、夫唱婦随の行動をとっているように思えてならなかった。

そして、もうひとつはっきりしたことがあった。

『知里。そもそもあなたはどうなのよ。身売りに反対なの、賛成なの？』

スーパー銭湯の今後について、いまだに態度をはっきりさせない知里に憤慨し、友希は妹にそう詰めよった。

しかし知里は「私は……」とやはり意見を明確にしない。そんな義妹に、やさしい笑顔とともに身を乗りだして言ったのは修平だった。

『あれ、賛成のほうに気持ちが傾いているんじゃなかったっけ、知里ちゃん。前にチラッとそんなことを聞いた気がしたけど』

知里は義兄にそう言われ、明らかに動揺していた。

男と女の本当のところは、他人には分からない。だがそうした二人のやりとりを間近で見た寛には、明確に感じられたことがあった。

もしかしたら修平は、知里を自分たちの味方に引き入れるために、彼女にちょっかいを出しているのではあるまいか。

だがもしもそうだとしたら、そこまでする理由はいったいなんだ……。

もちろん、勘ぐりすぎかも知れなかった。

知里がかたわらにいたせいもあり、「あやの泉」に戻ってから、亜矢子にもそこまでは報告していない。

しかしいずれにしてもまちがいないのは、知里が修平のことをせつなく思い続けているらしいこと。

義兄への目つきを盗み見れば、どう考えてもそれは事実だった。

寛は悲しかった。

もう限界だと思った。

たとえすでに、知里に文句を言える立場ではないとしてもである。

そこで彼は、銭湯に戻ると話があると知里に告げ、二人きりになれる場所として貸切個室を指名した。

亜矢子に知られたら、大目玉を食らうだろうことは百も承知。

だが、もはやあふれだす悲しみを、寛は制御できなかった。

3

貸切個室の一つは、六畳ほどの畳の間だ。

ガラス張りの引き戸の向こうには陶製の露天風呂が見えたが、露天の空間に明かりはない。

貸切個室は、他人を気にせず、自分たちだけで風呂をのんびりと楽しみたいという家族やカップルに人気がある専用空間だ。

「あやの泉」では二時間から四時間まで、一時間刻みで予約をすることが可能だった。

その間、何度でも好きなだけ備えつけの露天風呂に入ることもできれば、部屋でゴロゴロすることもできる。

飽きれば部屋の外に出て、食事をしたり、お休み処《どころ》のリクライナーシートを使ってくつろいだりすることも可能だった。

「知里さん」

寛は知里と、個室の座卓に向かいあった。

知里は緊張した顔つきで、上目づかいに寛を見る。白い丸襟のブラウスに、淡いピンク色のカーディガンをかさねていた。穿いてるのは、ダークブラウンのプリーツスカートだ。

「どうして、なにも言ってくれないの」

そんな知里に、寛は言った。

「な……なんのこと……」

「修平さんだよ」

「えっ」

可憐な美貌がますますこわばった。

驚いたような目つきで、知里は寛を見る。

「つきあってるんでしょ、修平さんと」

「ひ、寛さん」

「全部分かってる。嘘つかないで。この際だから、はっきり言おうか」

不安そうにこちらを見る知里に、意を決して寛は言った。

「見ちゃったんだ、市民公園の森で」

「公園……」

「知里さんが、フェラしてるところ」

「――っ！」

知里は観念したようだ。もうだめだと言うように目を閉じ、うなだれる。

ショートの黒髪がさらさらと流れた。

「………」

「……ど、どうして」

寛は身を乗りだした。

「どうして俺とつきあったの？　好きでもないのに、どうして俺なんかと」

「す、好きじゃなくない」

寛の言葉に、知里は反駁《はんばく》した。そこだけははっきりさせておかなければいけないと
あわてでもしたかのように。

「知里さん……」

「好きじゃなくない。いい人だなって。私、寛さんとなら、こんな私でも幸せになれるかなって——」

「じゃあどうして、修平さんと別れられなかったの」

「それは……」

知里は答えられなかった。

そんな知里の反応に、どす黒い感情があふれ出してしまう。

「俺とつきあってはみたものの、やっぱり修平さんが忘れられなかったんでしょ」

「ひ、寛さん」

「友希さんの旦那だから、こんな関係はいけないって理屈では分かってても、あの人に好きだって言われると、どうしても気持ちが揺らいじゃうんでしょ」

「ううっ……」

図星のようだった。早口で指摘され、知里は言い返す言葉もなく、唇を嚙んでうなだれる。

「……ごめんなさい」

やがて、蚊《か》の鳴くような声で知里は言った。うつむいたままだった。

もっちりした、ういういしい肢体がわなわなとふるえる。

予想していたことではあった。

それでも寛は両目を閉じ、感情を抑えようとする。

「……寛さんに、つらい思いをさせるつもりはなかったの。ほんとに……ほんとに寛さんと、義兄《にい》さんを忘れて幸せになりたいって思った。ほんとに思った」

「知里さん」

「ごめんなさい。寛さん、ほんとにごめんなさい」

（えっ）

知里は泣いていた。

両目から涙のしずくを頬に伝わせつつ、座布団から立って座卓を回る。ギョッとする寛に、嗚咽しながら「寛さん」と抱きついてくる。

「――ち、知里さん」

「罪の意識、感じてた。ずっと、ずっと。寛さんはなにも悪くないのに。悪いのは全部私で……いつかちゃんと、ほんとのことを言わなきゃって思ってたのに、言えなかった。言えなかった。ごめんなさい」

（おお……）

激する感情のまま、知里はぐいぐいと身体を押しつけてくる。温かで豊満なおっぱいが、肩と二の腕にふにゅふにゅと当たった。

やめてくれ、お願いだからと寛はせつなくなる。こんなときにこんな風にされたら、自分を失ってしまいそうだ。

「知里さん……」

「寛さんがきらいなんじゃない。いい人だって思ってる。ほんとだよ？　だからあのときだって私……見てたんでしょ？　義兄さんに求められても断った。寛さんとのことがはっきりするまでは、いい加減なことをしちゃいけないって」

……ふにゅふにゅ、ふにゅう。

(ずおお……)

頼むからこんなことをしないでくれ。

寛も泣いてしまいそうになる。

(助けて。誰か――)

「ごめんね。悪いのは、全部私。なにを言われても言いわけできない。たしかに私は、お姉ちゃんの旦那さんなのに、修平義兄さんに――」

「知里さん」

「……えっ」

「修平さんに、だまされてない？」

「えっ、だ、だまされてるって、どういうこと？」

知里は意外そうに寛を見た。眉を八の字にし、寛の真意をつかみかねたような顔つきになる。

「修平さん、知里さんを味方にしたいんじゃないのかな」

「はっ？」

「このスーパー銭湯の身売り話を、自分たちに有利に進めたくって……」

「――に、義兄さんはそんな人じゃないもん！」

「えっ……」

思いも寄らない激しさで、ピシャリと打ちすえるように知里は言った。

見ればキュートな小顔には、なんと失礼なことをとでも言うような憤怒の感情が見てとれる。

(知里さん)

寛は悲しみの感情がよけいに色濃くなった。

遠慮してはっきりとは言葉にしなかった知里の真の想いを見せつけられたような気

持ちになる。

「悪いのはたしかに私だよ。でも、寛さんにそんなことまで言われるおぼえは――」

「ああっ、知里さんっ」

「きゃあああ」

寛は自分を見失った。荒れ狂う嵐のような感情に翻弄されるがまま、知里を押し倒す。

「寛さん⁉」

「いいよ、もうなにも言わなくても。俺……これから知里さんに、してはいけないことをする」

「ええっ？　きゃあああ」

寛は恋人――たった今まで、恋人だった女性の身体から、着ているものをむしりとった。

ミシッ、ミシッと悲鳴をあげるかのように、服が裂けそうな音を立てる。

女性に対してここまで乱暴な行為に出たことはなかった。

だが悲しみが、抱えこむにはあまりにつらすぎる巨大な悲しみが、寛を傍若無人な野獣にする。

「ひ、寛さん。寛さん」

「分かってる。最低の男だって。でも、本気で知里さんを愛していたことはまちがいない。それなのに、ああ、俺っ」

「いやあ。あああ……」

むちむちした二十七歳の身体から、カーディガンを剝ぎ、引きちぎるかのようにブラウスを脱がせた。プリーツスカートも強奪する。

露わになったのは、息づまるほど肉感的な色白の半裸身。

純白のブラジャーとパンティが、迫力たっぷりに張りだす乳とヒップを包みこんでいる。

「おお、知里さん」

「いやあ。誰か、誰かあ……むぶううん……」

知里は大声で助けを求めようとした。

寛はそんな知里の口を手で押さえて悲鳴を封じ、ついにブラジャーとパンティも、その身体からむしりとった。

「んんうっ」

「おおお、知里さん。はぁはぁはぁ」

目のまえに露出した色白の裸身に、寛はさらに狂った。

九十センチあるかないかに思える豊満なおっぱいは、おそらくFカップ。平均サイズの乳輪の真ん中で乳首が半分勃起しかけている。

息苦しさにあえぐように、やわらかそうなお腹がふくらんだりへっこんだりをさかんにくり返した。

お臍《へそ》の窪みまでもが、妙に官能的だ。

そして、さらけだされた下半身はまさに圧巻の一語。知里があらがって身をよじるたび、亜矢子のもの以上に大きな臀肉がちらちらと見え、寛はさらに息づまる気分にさせられる。

「くうぅ、知里さん」

「んんんぅっ⁉」

前戯など、なにもしていなかった。

だが寛はもはやこらえが利かない。暴れる知里の抵抗を封じつつ、着ているものを素早く脱ぎ捨てた。

股間の一物は、すでに完全な戦闘状態だ。

ブルンとふるえて飛びだしたそれを目にした知里が目を見開き、あわててそむけた顔を、一段と濃いめの朱色に染める。

「知里さん。ああ、知里さん」

「い、いや。あっ――」

――ヌプッ！

「痛い……い、いた――」

「おおお、知里さん！」

――ヌプヌプヌプッ！

「ああぁ。痛い……」

「くうぅ……」

痛いなどと言われると、やはり罪悪感が増した。

しかし今夜の寛は、もはや制御不可能だ。

……グリッ。グリグリ、グリィ。

「ひうう……」

強引に腰を押しだし、まだ十分に濡れてもいない膣奥まで、猛《たけ》る勃起を容赦なく挿入する。

4

「ひ、寛さん……」

「はぁはぁ……知里さん……」

こんな形で身体をつなげることになろうとは、寛も考えもしなかったし、知里も同様であろう。

二人の股間はぴたりと密着した。知里の剛毛が陰茎に絡みつく。知里は嗚咽し、鼻をすって寛を見あげる。

「こ、これで……満足……？」

「知里さん……」

「いいよ、犯して」

「——っ」

慟哭しながら、知里は言った。

「悪いのは私。寛さんを傷つけたのは、たしかに私。私を犯して気がすむのなら、好きなだけ私を——」

「おお、知里さん」

「ひはっ」

……バツン、バツン。

「んああっ。い、痛いよう、痛いよう。あああぁ」

「くぅぅ……？」

知里にみなまで言わせず、寛はカクカクと腰をしゃくりはじめた。

潤みのほとんどない胎路は、挿《い》れるにも抜くにもすべりが悪い。だが寛は、いつになくサディスティックな気持ちになっていた。

自分は今、この人を犯している——。

そう思うと、自分のどこにそんな感情があったのかと驚くほど、嗜虐的な激情が劫《ごう》火《か》のように股間から四肢に燃え広がる。

「あっあっ……い、痛い……ひう、ひううぅ……あっあっあっ……」

罪悪感と嗜虐心がない交ぜになったような心地で、寛は猛然と腰をしゃくった。窮屈な膣路と亀頭が擦れ、甘酸っぱさいっぱいの快美感がひらめく。

そんな行為を強引にくり返すうち、変化があった。

明らかに、知里の淫肉はヌルヌルと卑猥なぬめりを帯びはじめてくる。

……ニチャ。ぐぢゅ。ぐちょっ。

「あっあっ……い、いや……私……私……うあっ、うあああっ……」

「はぁはぁ……知里さん……」

やはりこの人も、亜矢子と友希の血脈に名を連ねる女性だったかと、激情の嵐の中で寛は思った。

一気にぬかるみだす胎肉を肉スリコギでほじくり返せば、ねばつく汁音をひびかせて媚肉が蠢動《しゅんどう》し、猛る怒張を甘く、秘めやかに締めつけ始める。

同時に知里の朱唇からは、痛みを訴える声ではなく、初めて聞く、艶《なま》めかしいあえぎがほとばしりだす。

「あっあっ、ハァアン……い、いや、私ったら……あっあっ、ハァアン、ハァアン」

「うおお、知里、さん……」

「い、いやらしい女……犯されてるのに……私のせいで、寛さんは悲しくて怒っているのに……あっあっ……こんなことされて……私……あっあっ、ハアァアン」

「おお、知里さん！」

いつしか知里は顔を真っ赤に火照《ほて》らせ、無理やり犯されるマゾヒスティックな悦《よろこ》びに感応し始めていた。

寛はその小顔から、銀縁眼鏡をはずして素顔をさらさせる。

「ああ、いやぁ……」

（くうぅ……）

やはりキュートな美女だった。

眼鏡をとると、くりっとした目の大きさがいっそう強調される。小動物を想起させる愛くるしい魅力が、いちだんと強いものになる。

だがこの人のこの魅力は、寛のために輝いているわけではない。

嫉妬。

とっくに自分の気持ちは、この人から離れているはずだった。

それなのに、修平への強い気持ちを思い知らされると、度しがたいほどのジェラシーにかられる。

嫉妬心という名の激情が、寛の中で轟々と燃え広がる。

……バツン、バツン、バツン。

「うああ、あああああ。寛さん、犯して。私を犯して。あああ。ああああああ」

「はぁはぁ……知里さん……くぅぅ……」

「ひどい女なの。恋人なのに裏切って……あっあっ、ハァアン、寛さん、なにも悪いことしていないのに悲しくさせて……あっはァン、全部私が悪いの。ひどいことして、ひどいことして。あああああ」

（やってやる）

知里は泣きながら、さらなる責めを寛にねだった。

そんな知里に、なぜだか寛は猛烈に欲情する。知里の目からも涙が出ていたが、気づけば自分の両目からも、じわりと涙が滲みだしている。

目のまえの美女の裸身が、涙でかすんで見えなくなる。

「くぅ……」

「アン……」

淫靡な音とともに、寛は膣からペニスを抜いた。

ほんの短時間の性器の戯れあいだったが、知里の身体はいっぺんに淫らな昂《たか》ぶりを示していた。行ってしまう肉棒の後を追うように、ドロドロの蜜が咳きこむ勢いで噴きだしてくる。とろろ汁のような愛液がビチャビチャと湿った音を立て、寛の下腹部をたたいた。

「ハアァン、寛さん……」

知里の裸身を裏返し、四つんばいの格好にさせた。こちらに向かって、ググッとヒップを突きださせる。

（おおお……）

寛は息づまる気分になる。艶めかしいデカ尻が、寛をあおるかのように超絶アップで眼前に迫った。

まん丸な二つの臀肉が、競いあうかのような生々しさでド迫力の眺めをさらす。尻肉がくぱっと左右に割れ、臀裂の底の肛門がひくつきながら露わになる。

淡い鳶色をした肛肉は、まさにあえぐかのよう。開口と収縮をせわしなくくり返し、放射状に走る何本もの皺《しわ》がさかんに蠢《うごめ》く。

蟻《あり》の門渡《とわた》り越しに見える女陰は、ねっとりと濡れたアワビそのものだ。ぱっくりと開いた膣粘膜の下部から、泡立つ蜜を分泌させる。肛門と一緒にひくついて、ニジュチュ、グチュチュと官能的な音を立てる。

「おお、知里さん！」

寛はあらためて、猛る男根を媚肉に突きたてた。

――ヌプッ！　ヌプヌプヌプッ！

「うあああ」

それだけで、知里は嬌声をあげ、ひとたまりもなく前に突っ伏した。

（うわあ……）

性器で一つに繋がったままだ。狭隘な膣路でペニスを締めつけられた寛は、知里に引っぱられて肉感的な背中にかさなる。

「あうう……」

「はぁはぁ……知里さん……」

知里は早くも、じっとりと汗をかき始めていた。湿りを帯びた背中は、驚くほど熱を持っている。

知里はビクビクと小刻みに痙攣していた。

ポルチオ性感帯に亀頭が食いこんだのであろう。究極の快楽スポットをえぐりこまれ、あまりの快さに腰が抜けたようになったに違いない。

「あはあぁ……」

まだなお知里はぐったりとしていた。

そんな全裸の二十七歳を、寛はもう一度四つんばいにさせる。目のまえに、大きな桃尻が大迫力の量感を誇示して汗ばんでいた。

男のサディズムを刺激する、エロチックなデカ尻。寛はたまらず、両手でヒップを鷲づかみにする。

「おお、知里さん。知里さん」

――バツン、バツン、バツン！

「ハアアァン。寛さん。寛さん。うあああぁ」

「おおお……」

寛は怒濤の腰ふりで、うずく亀頭を膣奥深くにたたきこんではすばやく抜いた。行く手を遮るかのように、やわらかな子宮にヌポリ、ヌポリと亀頭が食いこむ。

そのたび子宮がやわやわと蠢き、おもねるように鈴口を締めつけた。それだけでも、こちらも腰が抜けそうになる気持ちよさ。腰を引けば、今度はガリガリと肉傘が膣ヒダと窮屈に擦れる。

(た、たまらない)

鳥肌立つような快感だった。背すじにゾクリと、悪寒《おかん》のような激情が走る。

だがこの気持ちよさは、耐えがたい悲しみとセットだった。

一度は本気で好きになった女性である。

そんな女性と一つに繋がり、互いに快感を覚えているのに、寛は泣いていた。

知里も泣いていた。

寛はカクカクと腰をしゃくり、嗚咽しながら知里のデカ尻にふるえる指を食いこませる。

「うあああ、ごめんね、寛さん。ねえ、たたいて。お尻たたいて」

すると、知里は思いがけないことを大声でねだった。

「ち、知里さん……」

「だめな女なの。昔からこうなの。お姉ちゃんたちみたいに生きていけない。大事な人まで苦しめて。ねえ、たたいて。お尻をたたいて」

「いや、知里さ――」

「たたいて。たたいて。たたいてってばああ」

――パアァァアン！

「うあああああ」

貸切個室に、生々しい爆《は》ぜ音がひびいた。

知里に激しくねだられて、寛は思わず尻へ派手に平手打ちをしてしまった。すると、大きなその音を凌駕する声量で知里の嬌声がとどろいた。

こんな大声を上げたら、部屋の外まで声が聞こえはしまいかと心配になった。

「も、もっと。もっとたたいて」

ところが知里はおかまいなしだ。ショートの黒髪を振り乱し、窮屈な体勢でこちらをふり返り、哀訴する。

「知里さん」

「たたきたいでしょ、寛さんだって、こんな女。たたいて。ねえ、たたいて」

「ぬうぅ」

——パッシィイン！

「あああああ」

「知里さん。知里さん」

——パアァアン！　パアァアァン！

「ヒイイィン」

「はぁはぁ。はぁはぁはぁ」

性器の擦りあいに溺れながら、寛は知里のたくましい巨尻を張った。

右の尻かと思えば今度は左。また右、左、また右と、どちらの臀肉も真っ赤になるほど激しく打ちすえれば——。

「うああ。うあああああ」

「ああ……」

知里は身も世もなくとり乱し、獣《けもの》のような声をあげてあえいだ。

同時に泣いてもいる。

寛も同じだった。

興奮していた。猛烈に。尻をたたくたび、お返しのように胎肉が波打つ動きで男根を絞りこむのもなんともたまらない。

じわじわと、射精の瞬間が近づいた。

しかし寛は絶頂の予感を覚えながらも「知里さん、知里さん」と泣きながら尻をたたき、しゃくる動きで腰を振る。

——パッシイィン！

「うあああ。寛さん、ごめんなさい。たたいて。ああああ」

……グヂュグヂュグヂュ！　ヌヂュヌヂュ、グヂャッ！

「ヒイイン。ンッヒイイィ」

(も、もうだめだ！)

二人して涙に濡れながらクライマックスへと高まっていく。

すでに知里のデカ尻は左右どちらも真っ赤に腫れあがっていた。そんな肉尻にふたたび十本の指を食いこませ、いよいよ寛はスパートをかける。

——パンパンパンパン！

「ああああ。あああああ。ごめんなさい、寛さん、こんな女でごめんなさい。お尻をたたかれてイッちゃう。ああああああ」

「で、出る……」

「うああああっ。あっああああああっ!!」

──どぴゅどぴゅ！　びゅるる！　どぴゅぴゅっ！

(ああ……)

峻烈《しゅんれつ》な快美感が股間から全身に駆けぬけた。

寛は股間を噴火させる。ドクン、ドクンと怒張が脈動した。そのたび大量の精液がしぶきを散らして膣奥に注がれる。

「はうっ……あっ……あああ……」

どうやら知里も一緒に達したようである。

見れば全裸の美女は、スパンキングされて真っ赤になった尻だけをあげて畳に突っ伏し、ヒクン、ヒクンと下腹部をあげたり元に戻したりしている。

その顔は、半分白目を剝いていた。あうあうと顎をふるわせ、半開きの口からは泡立つ唾液が畳に流れる。

「ごめん……なさい……寛さん……ごめん、なさい……あああ……」

「知里、さん……」

なおも一つに繋がったまま、二人はそれぞれの絶頂と悲しみに浸った。

寛の陰茎は、なかなか射精をやめようとはしなかった。

寛は大きく、鼻をすすった。

半分白目の知里の双眸は、なおも涙をあふれさせた。

股間の剛毛も、ぐっしょりと濡れていた。

第六章　熟肌にせがまれて

1

「留守……？」

インターホンを鳴らしても応答がない。

弱ったなと思いながら、寛は玄関前に立ちつくした。

友希たち夫妻の自宅に来ていた。

新興住宅地の一角にある、二階建ての庶民的な一軒家。小さな庭の緑と、瀟洒《しょうしゃ》な白い壁のとりあわせが印象的な家である。

日が暮れるまでには、まだもう少しある時間帯。

十二月の冷気が肌を刺す。住宅街の道を、子供たちが楽しそうに笑いながら集団で駆けていく。

友希たち夫婦のボイコットは、四日目に突入していた。寛は亜矢子の頼みで、今度は単身、友希たちのもとに使いとしてやってきた。

——ごめんなさい。部外者のあなたに、こんなに甘えてはいけないことは分かっています。でも、他に頼れる人がいないの。寛さん、もう一度だけお願いできない？仕事でスーパー銭湯を訪ねると、今日は知里までもが休んでいた。

聞けば体調がすぐれないと言って、ここ数日仕事を休みがちなようだったが、本当は仕事でやってくる自分と顔を合わせたくないからであろうと寛は察した。

貸切個室であんなことになって以来、寛は知里ともぎくしゃくするようになっていた。つまりこの事態を招いている原因は、自分にもある。

申し訳ながる亜矢子にむしろ恐縮すらして、寛は一人でここまで来た。

(亜矢子さん)

いろいろとうまくいかず、疲れが溜まってきているらしい亜矢子が心配だった。

正直、気持ちはすでに亜矢子にある。

それなのに怒りと悲しみを抑えきれず、知里とあんな行為に及んでしまった自分には、情けなさを通り越して嫌悪感すら抱いていた。

だがどんなに反省しようとも、してしまったことは取りかえしがつかない。

泣きながら、尻をたたかれてよがりわめく知里の痴態を思いだすと、複雑な思いがつのった。

（まいったな……）

それはともかく、問題は友希たち夫婦である。

事前に電話をしたときは家にいると言っていたのだが、寛と話をするのが面倒で、二人して外出してしまったのだろうか。

「……えっ」

友希に電話をしてみようかと、スマホを取り出しかけたときだった。

やにわに家の中が騒がしくなる。

奥から友希らしき女性の怒鳴り声が、一気にこちらに近づいてくる。

（友希さん？）

中にいたのかと、意外に思ったその時だ。

「おわあっ⁉」

「くっ……！」

いきなり荒々しく玄関ドアが開き、修平が飛びだしてきた。いつも持っている鞄を抱え、髪を振り乱して顔を引きつらせている。

「しゅ、修平さん。あの……」

「あなたああ」

「うわああっ」

修平に続き、今度は友希が現れた。

その顔は、まるで鬼神のようである。切れ長の両目が、怒りのせいでつりあがっている。

友希は、花を活《い》けたままの大きな花瓶を振りあげている。

「ひー」

修平は脱兎のごとく駆けだした。

通りへと飛びだし、全力疾走で遠ざかっていく。

「待ちなさい」

「ゆ、友希さん」

修平は靴を履いていたが、友希は裸足だった。それでも夫を追おうとする友希を、あわてて寛は抱きとめる。

「放してよ」

「落ちついて。どうしたんですか、友希さん、ねえ、落ちついて。わたたっ」

暴れる友希の手から花瓶がすっぽ抜けた。

（わあああっ⁉）

寛は驚き、花瓶に駆けよって落下寸前で抱きとめる。

「はぁはぁ……はぁはぁはぁ……」

友希は肩を上下させ、荒い息をついた。寛は花瓶を抱きかかえて友希を見る。

「あ、危なかった。あはは……」

「うえっ……」

「……あっ」

「うぇぇぇ……」

「友希さん……」

友希はうなだれ、慟哭し始めた。

立っていることもできず、しゃがみこんで顔をおおう。

「あの、友希さん……」

「うぇぇん。うぇぇぇぇん」

（ああ……）

それは、胸を締めつけられる眺めだった。

人目もはばからず、いつもは勝ち気な人妻が身も世もなく嗚咽した。

寛は、どうすることもできなかった。

2

とうとうこの日が来たかと、寛は心で天を仰いだ。

十六帖ほどある、広々としたリビングルーム。フローリングの床にカーペットが敷かれ、アンティーク調の座卓が置かれている。

部屋の一隅に、五十インチはあるはずの大画面テレビが置かれている。

ただ、基本的にはよけいなものがあまり置かれていない、センスあふれるインテリア。ところどころに配された、大きさも形もとりどりの観葉植物が絶妙なアクセントになっていた。

『あの人の愛人って、知里だったの。ごめんなさい、こんなこと、寛くんに言って。でも、どうしても黙っていられなくて、こんな大事なこと』

つい今しがた、座卓に向きあうや泣きじゃくり、友希は言った。

こっそりと、誰かに電話をしている修平に気づき、盗み聞きをしたのがきっかけだったという。

なにやら親しげな会話をしていたことから、愛人に違いないと友希は察した。ところがなおも盗み聞きを続けると、修平の口から思わぬ名前が出てきたことで、すべてが白日のもとにさらされた。

修羅場になった。

そんなところに、間抜けにも寛は訪ねてきてしまったのだ。

（まいったな）

寛は心でため息をつく。

いつかはこんな日が来てしまうかもとは思っていた。だが目のまえで涙に濡れる友希を見ると、こちらもまた、改めて悲しみが蘇る。

「……ねえ」

泣きむせぶ友希をどうすることもできず、寛は黙ってうなだれた。すると、ようやく友希は泣き疲れ、いくらか理性を取りもどした様子で寛に聞く。

「もしかして……知ってたの、寛くん」

「あっ……」

たった今気づいたというように、友希は大きく目を開いた。答えに窮し、寛は目をそらしてうつむく。

「……知っていたのね」

確信に満ちた声音で友希は言った。さらに座卓に身を乗りだす。

「どうして黙ってたのよ」

「どうしてって……」

「知里には？　話したの、知里とはこの件で」

「………」

寛の表情から汲み取ったようだ。

友希はのけぞり気味になり、ため息交じりに言う。

「話したのね。あっ……！」

「……？」

「だから知里……電話にも出なかったんだ……」

眉根に皺をよせ、ひとり言をつぶやく。いろいろと腑《ふ》に落ちたようで、勝ち気な美貌には、またしても憤怒がみなぎりだす。

「くっ……！」

「……？」

友希は座布団から立ちあがり、出かける用意を始めた。寛も遅れて立ちあがり、友希に聞く。

「どこへ行くんですか」

「……」

しかし友希は答えない。

バッグを取り、車のキーを用意して、足早にリビングを出ていこうとする。

「ちょっと、友希さん」

寛はあわてて駆けより、友希の細い腕を取った。怒りにかられた友希は、そんな寛の腕を力任せに振りほどこうともがく。

「放して」

「落ちついてください、友希さん」

「放してってば」

二人は揉みあった。友希はヒステリックに暴れ、その手から車のキーを、続いてバッグをすべり落とす。

「落ちついて」

「なにを言っているの。落ちついていられるわけないじゃない。寛くんだって落ちついてる場合じゃない。なにをのんびりしているの」

それが八つ当たりであることはよく分かった。寛をにらむ友希の両目には、またもウルウルと新たな涙があふれだしてくる。

「寛くんがいけないのよ」

「友希さん」

ひとつにもつれあいながら、声を上ずらせて友希は言った。

「あなたが、しっかりと知里のそばにいてくれないから。だからあの人につけいる隙を。全部、寛くんのせい。寛くんが悪いんだから」

「すみません」

「すみませんじゃない。責任とってよ。妹にダンナを寝取られたのよ」

「すみません」

「寛くんのばか。みんな、大嫌い。姉さんも。知里もあいつも寛くんも」

両の拳で、友希はドンドンと寛の胸をたたいた。友希の両目からあふれた涙が頬を伝い、雨滴のように床にしたたる。

「すみません」

「許さない。許さない。ばか、寛くんのばか。ばか、ばか。ああぁん」

「友希さん……」

「ああぁん」

ついに友希は力つき、その場にくずおれた。

寛は人妻と一緒にフローリングの床に膝をつく。

改めてギュッと友希を抱擁した。

友希は泣いた。子供のようだった。

もらい泣きをしそうになる。寛は号泣する友希を抱きすくめ、頭を撫で、何度も背中を上下にさすった。

「寛くんのばか」

「ごめんなさい」

「ムシャクシャする」

「友希さん」

「忘れさせて、なにもかも」

「……えっ」

聞きちがいかと思い、つい聞きかえした。

「わわわっ」

すると友希は、寛をその場に押したおし、覆いかぶさってくる。

寛は仰天して起きあがろうとした。しかし、友希は許さない。そんな寛をもう一度仰臥《ぎょうが》させ、強引にその唇を奪う。

「むんぅ……ゆ、友希、さ……んっ……」

「大嫌い、みんな……みんな……んっんっ……」

……ピチャピチャ、ちゅう、ちゅぱ。

(友希さん)

熱い鼻息に顔を撫でられた。

頬にしたたる熱いものは、友希の涙であろう。

それでも友希は寛を求めた。右へ左へと小顔を振り、もの狂おしい勢いで彼の口をむさぼり吸う。

「んんっ、友希さん……」

「寛くん、しよう。しよう。んっんっ、ハアァン……」

「あぁあ……」

ピチャピチャと秘めやかな音を立て、友希は寛の口を吸い、ついには舌を求めた。

人妻にせがまれるがまま、寛はやむなく舌を差しだす。

「んっはあぁ……」

「うおお……」

友希もまたローズピンクの舌をセクシーな朱唇から飛びださせる。さらに鼻息を荒げ、寛の舌にねっとりとぬめる舌を絡みつかせる。

(まずい)

激情に駆られた行動なのに、友希がくりだすベロチューの責めは、的確に寛のツボをついた。

舌と舌とが擦れあうたび、苦もなく股間がうずく。

背すじにゾワゾワと鳥肌が立ち、ズボンの下で陰茎が硬度と大きさを増してしまう。

(どうしよう。あっ……!)

勃起しようとする男根に、うろたえたときだった。

友希は寛の身体を下降し、巧みな手つきでベルトをゆるめ、スラックスを脱がそうとする。

「ゆ、友希さん」

「寛くん、悔しくないの？　私は悔しい、悔しいわ」

「くぅ……」

涙で美貌をクシャクシャにし、友希はなおも行為を継続した。寛のスラックスのファスナーを下ろし、下着ごと、ズルリと強引にズボンを脱がせる。

「ハアァン、寛くん」

「うわあ、友希さん……おおお……」

露わになったのは、まだ半勃ちの肉棒だ。どうしたものかと困惑した体《てい》で、どす黒いペニスがブルブルとふるえる。

友希はそんな肉茎を迷うことなく握りしめた。

朝顔のツルさながらに、細い指が幹に巻きつく。

飛びだすように上へと突きだした鈴口に、友希は小顔を近づけて、早く舐めないと溶けてしまうとでも言わんばかりに、ピチャピチャ、ペロペロと舐めしゃぶる。

「ううっ、友希さん。ああ、そんなことをしたら。おおお……」

「勃起して、はぁはぁ……んっんっ、寛くん、チ×ポ大きくして。むはぁぁ……」

……ピチャピチャ、ねろねろ、れろん。

「くうぅ……」

ざらつく舌を亀頭に擦りつけられるたび、悪寒によく似た激情が背すじを駆けあがった。

どんなに奥歯を噛みしめて快さにあらがっても、陰茎はさらにムクムクと屹立《きつりつ》してしまう。

(もうだめだ)

しこしことしごかれながらのフェラチオに、あえなく怒張はガチンガチンになった。

「はぁはぁはぁ……」

友希は寛の男根が戦闘態勢になったのをたしかめ、急いで自分の身体から着ているものをむしりとる。

彼女との一夜が蘇った。この人とこんなことをするのは、あの一夜きりのはずだったのに、またしても寛は、人の道からはずれていく。

(亜矢子さん)

脳裏に去来するのは、亜矢子だった。

そのこと自体、すでにおかしい。

それでも寛は心中で「ごめんなさい」と亜矢子に謝った。

3

「ハアァン、寛くん……」

「うわあ……」

友希はあっという間に全裸になった。

南国の水着美人を彷彿《ほうふつ》させる、健康的に焼けたような美裸身に、今日もまた寛は息づまる気分になる。

伏せたお椀のような形のいい乳房。

その先では、乳首がビンビンに勃《た》っている。

股間にけむる淡い繁茂の下には、大人の女だけが持ついやらしい肉貝がぱっくりとワレメをくつろげて、ぬめぬめした汁をしたたらせていた。

「んあああ……」

友希は寛に背を向け、後ろ向きになってまたがった。寛の眼前には、見事なプロポーションの友希の後ろ姿があますことなくさらされる。

コーラのボトルを思わせるボディラインが艶めかしいS字カーブを描いていた。

左右の肩からVの字状に降下する稜線は、腰のあたりでひときわえぐれるようなくびれをアピールする。

いったんくびれた分、そこから一転して張りだすヒップの丸みはセクシーの一語。知里の尻のようにボリュームがあるわけではないのに、他のパーツとのバランスでそれなりの大きさに見えてしまう。

「あっ、友希さん……」

知里は和式便器に腰を落とすような格好になった。自らその手に寛の勃起を取り、露わになった膣口に膨らむ亀頭を押しつける。

「あはぁン、寛くん」

「ゆ、友希さ……あっ——」

——ヌプヌプッ！

「うあああ」

「おおお、そんな……」

友希は自ら腰を落とし、淫肉にペニスを呑みこんだ。ヌルヌルして窮屈な牝路に包まれて、亀頭が甘酸っぱいうずきを放つ。

「ああ、チ×ポ。硬いチ×ポ」

「友希さん……」

「うれしい、チ×ポ、チ×ポ。大きいチ×ポ。太いチ×ポ。寛くんのチ×ポおおっ」

――ヌプヌプヌプッ！

「くうぅ、友希さん……」

「気持ちいい。ああ、気持ちいい。んあああああ」

「ああ……」

……ぐぢゅる。ぬぢゅる。

「ああ、いいン、いい、いいンンッ。んあああっ」

友希はこちらに尻と背中を向けたまま、ガニ股の格好で上下に尻を振りだした。

（ああ、いやらしい！）

仰向けになったまま、寛は性器の交接部分をうっとりと見る。

人妻の小さな肉穴が、ミチミチと開いて肉皮を張りつめていた。まん丸に開いた生殖孔に、どす黒い屹立がずっぽりと埋まっている。

「ハアァアン」

友希はさらに体位を変えた。

前のめりになって両手と膝を床につく。四つんばいの格好になり、なおも上へ下へと尻を振る。

……ずっちょ。ぐぢゅる。ぬちょっ。

「ずおお……友希さん……」

「アッヒイィン」

友希が態勢を変えたことで、性器が擦れあう部分がさらに見えるようになった。極限まで開ききった小さな肉穴を、青筋を浮かべた極太がさかんに出たり入ったりする。

肉幹には透明な愛液はおろか、白濁した汁もところどころに付着し始めていた。しかも白濁したスジは、陰茎が膣奥深くに潜りこんで出てくれば出てきた分、いっそうねっとりとした量を増す。

「あああ。ああああああ」

「ゆ、友希さん……」

「気持ちいいの。寛くん、気持ちいい。悲しいけど、とろけちゃう。とろけちゃうンン。んあああああ」

「おおお……」

なんともいやらしい眺めであった。キュッと締まった形のいい尻が、上へ下へとリズミカルなバウンドをくり返す。

友希の女陰を男根が、何度も出たり入ったりした。

しかもその眺めは、グチョグチョ、ニチャニチャと耳に心地いい粘着音のオマケ付きだ。

卑猥なピストンをくり返せばくり返すほど、人妻の媚肉はさらにエロチックな潤みを増し、蜂蜜でも塗りたくったような眺めになる。

あふれだす淫蜜が、寛の怒張を垂れ流れた。

性器が擦れあう部分から無数の泡が噴く。

「あっあっあっ。あああン」

カクカクといやらしく腰をしゃくり、友希は一気に上りつめていく。これはイキそうだなと、バックから見つめつつ寛は思う。

「友希さん」

「うあああ、イッちゃう。気持ちいいの。イッちゃう、イッちゃう、イッちゃう。あっあああああっ!!」

……ビクン、ビクン、ビクン。

(おお、友希さん)

とり乱した声をあげ、友希はアクメに突きぬけた。吹っ飛んだように突っ伏し、そのせいでちゅぽんと膣からペニスが抜ける。

「あうっ、あうっ、おおお……」

そのみっともない姿に、いつものクールな面影はなかった。開いた美脚を逆V字に投げ出したまま派手な痙攣をくり返す。

寛が上体を起こすと、友希の陰部が見えた。

痙攣のために、つい力んでしまうのだろう。ビクビクと身体をふるわせるたび、肉栓を失った膣穴から、煮こまれた愛液が粘りながら滲みだす。

カーペットに、失禁のような水溜まりができた。水溜まりからは湯気が上がり、淫靡なアロマが部屋の中に広がる。

「はぁはぁ……友希さん……」

友希が満足したのなら、いつまでもこの場にとどまるべきではなかった。

こんな状態のまま立ち去るのは男としては苦しいが、だからと言って据え膳食わぬはなんとやらで流れに身を任せてしまってよいものではない。

「ま、まだよ。まだなんだから」

「えっ……」

ところが、そんな寛の心の内を見透かしでもしたかのように、絶頂のあとの朦朧《もうろう》状態から我に返ると、友希はそうはさせじと、ふたたび高々とセクシーな尻を突きだす体位になる。

「——っ。友希さん……」

寛は自分の目を疑った。友希は移動途中の尺取り虫のようなポーズになると、両手の指を自分の秘丘にやる。

「挿《い》れて、寛くん。またここに。ねえ、ここにいィン」

……ニチャ。

(うおおおっ！)

寛は大声を出しそうになる。

あろうことか、友希は自らの指でワレメをくつろげ、サーモンピンクの膣粘膜を剥きだしにした。

発情した媚肉は、粘膜いっぱいにネトネトと猥褻な粘液をコーティングしている。

官能的なピンク色をぬめり光らせつつ、下方に開いた小さな膣穴が、ヒクヒクと鯉《こい》の口みたいに開いたり閉じたりをくり返す。

(だ、だめだ……だめだああ)

寛は白旗を揚げた。

何と情けない男だろうとは思うものの、彼はすでに知ってしまっている。誘うようにひくつくあの牝穴が、とろけるように快い絶品ものの膣だということを。

「ああ、友希さん」

「あはあぁぁ……」

興奮のせいでゾクゾクした。

寛は立ちあがるや、品のない体位で御開帳をする人妻も、その手を取って立ちあがらせる。

「アン、寛くん……」

「はぁはぁ、も、もうだめです、友希さん。もうだめ！」

「ハアァン……」

きれいに磨かれた掃き出し窓に手をつかせ、後ろに尻を突きださせた。友希はエロチックな声をあげ、両脚を開いて誘うようにヒップを向ける。

窓の向こうに見えるのは、小さくはあるもののきれいに丹精された芝生の庭。

そのさらに向こうには木調板のフェンスがあり、住宅街を行きかう人々の姿が、板の隙間からチラチラと見える。

「くぅぅ……」

もう一度この気持ちのいい肉穴を味わえるのかと思うと、衝きあげられるような昂ぶりを覚えた。

友希の背後で位置をととのえ、ひくつくワレメに亀頭を押しつける。

「挿れますよ、友希さん。うおおおっ！」

――ヌプヌプヌプッ！

「ハッヒイィン」

一気に腰を突きだし、膣奥深くまで勃起をたたきこんだ。グチャリと子宮が亀頭でつぶれ、ポルチオ性感帯を容赦なくえぐった感覚がある。

「おお、友希さん……？」

「あうう。あううぅ……」

ひと突きで友希はのぼりつめ、目のまえの掃き出し窓に裸身を押しつけた。寛も引っぱられ、後ろから友希に身体を押しつける。

友希はビクン、ビクンとまたもや痙攣した。

形のいい美乳がガラスに押しつけられ、平らにつぶれて乳首が陥没している。

それでもまだなお、友希の淫華はどん欲だ。

もっともっととねだるかのように蠕動《ぜんどう》し、胎肉をふさぐ肉棒を波打つ動きでしぼりこむ。

「くうぅ、友希さん。友希さん！」

……バツン、バツン、バツン！

「あああ。ハァン、寛くん。うああ。あああああ」

窓ガラスに横顔と、身体の前面を押しつける三十二歳の熟女を、容赦なくバックからバツバツと貫いた。

窓が激しくきしみ、友希はさらにガラス板におっぱいをグイグイと押しつける。

平らにひしゃげた乳房の面積が、突かれるたびにさらに大きなものになってはもとに戻る。行き場をなくした二つの乳首が変な角度にねじれ、横顔と同じように惨めにつぶれる。

「ハァアン、寛くん、オマ×コ気持ちいい。いっぱいズボズボされてとろけちゃう。とろけちゃうンン。んっあああ」

「はぁはぁ……ああ、俺も気持ちいいです！」

「うあああ」

バックから体重を乗せてガンガン突かれ、さらに友希はガラス窓と寛に挟み打ちをされたような体勢になる。

最初は後ろに突きだしていたはずの尻もいつしか圧迫され、気づけば股間までもが、眼前のガラス窓にぴたりと密着していた。

「ハアァン、寛くん。あっあっあっ。ひはあぁぁ」

友希は決して人には見せられない、不様な格好になって犯された。

ガラス窓に密着させせられた裸身は、背後から圧迫されるせいで、完全なガニ股のまま美脚までもがガラスにくっついて白く変色する。

もはやつぶれているのはおっぱいだけではなかった。

くっついた腹部が苦しげに蠢き、荒い呼吸をくり返す。秘毛もガラスに擦れ、いやらしく縮れる黒い毛が一本一本はっきり見える。

友希が体熱をあげるせいで、ガラス窓はうっすらと曇ってきていた。

「あああ。うあああああ」

特に曇りが激しいのは、友希の口もとのガラスと、股間のあたりだった。友希は片頰をガラスに押しつけられながら、ケダモノそのものの声をあげる。

「気持ちいい、気持ちいい。寛くん、もうイッちゃう。イッちゃうよう。あああ」

「はぁはぁ……俺ももうイキそうです！」

――パンパンパン！　パンパンパンパンパンパン！

「んおおお。すごい。すごいすごいすごい。んっおおおっ」

いよいよ寛の抜き挿《さ》しは、クライマックスの激しさを増した。

鼻息荒く腰を振り、膣奥深くまでえぐりこめば、友希は「ヒイィン。ヒイイィン」と我を忘れた声をあげ、ガタガタとガラス窓をきしませる。

木調板が目隠しになってこそいたが、誰かが板の隙間からこちらを覗けば、友希の痴態は隠しようがない。

友希もそれが気になるのか、さかんに外を気にしていた。しかし、それが逆に刺激になるのか、誰かが通るのが分かるたび、「あおお。おおおおう」といっそう激しく興奮する。

（もうだめだ！）

「だめ、感じちゃう。これ興奮する。うああ。もうイグッ。イグイグイグッ。うおお。うおおおおう」

「友希さん、イク……」

「おっおおおっ。おおおおおおっ!!」

――どぴゅどぴゅどぴゅ！　びゅるる！

（ああ……）

今度は二人して、アクメに吹っ飛んだ。もはや寛は踏んばっていられず、背後から友希に覆いかぶさり、射精の悦びに耽溺する。

脈動する陰茎は、根元までズッポリと人妻の膣に刺さっていた。

通せんぼをする子宮を押しかえそうとするように、水鉄砲の勢いでザーメンが次々と飛びだしていく。

（気持ちいい……）

寛はうっとりと射精の悦びに酔いしれた。

分かっている。

こんなことをしていても、どうにもならない。

問題はなにも解決していなかった。

しかし、たとえそうだと分かっていても、こんなことでしか晴らせないストレスもあるのかも知れなかった。

ばかみたいに狂うことのできるセックスが、今日もまた、寂しさと無力感を持てあます二人の男女を救ってくれた。

「ああ、入って……くる……んああ……温かい……」

「友希さん……」

「ごめんね……ごめんね……はうう……」

友希は寛に謝罪し、なおもビクビクと裸身を痙攣させた。

窓ガラス一枚へだてた外界では、のどかな時間が、いつもと変わらない調子で続いていた。

4

「義兄《にい》さん。ど、どうしたの――」

「ああ、知里ちゃん」

「きゃあああ」

けたたましく、悲鳴がひびいた。

そんな知里を荒々しく抱きすくめ、修平はさらに部屋の奥へと進もうとする。

知里がひとり暮らしをする賃貸マンション。

六畳の洋室に小さなキッチンがついたそこには、何度も義兄に送ってもらった。

だが中まで入ってこられたのは初めてだ。

しかも知里は、入室を許したわけではない。

「義兄さん、やめて、きゃあああ」

「おお、知里ちゃん。俺……俺……もう我慢できないよ！」

「ああああ。いや、義兄さん。いやああ」

奥の部屋には、シングルベッドがあった。

布団はきれいにととのえていたが、修平は知里をそこに強引に押したおし、彼女の服を脱がせようとする。

「義兄さん、やめて。どうしたの」

わけがわからず、知里は修平を止めようとした。

ずっとこの人が好きだった。

好きだと言えず、苦しんだ。

初めてキスをしたときの喜びは、今でも昨日のことのように覚えている。

姉への罪悪感に苦しみながら、知里はさらに義兄に惹かれた。

もう一年ほど前のことになる。

だがそれは、やはり足を踏みいれてはいけない領域だった。自分の中にいるもう一人の自分に強く言われた。

分かっている。そんなこと、分かっているよと反駁するも、どうしようもなく義兄に惹かれ、同時に罪の意識も強まった。

そんなとき、天の配剤のように出逢ったのが寛である。

まじめそうな人柄と、かわいらしさを感じさせる容姿に強く惹かれた。この人なら、私をこの地獄から救いだしてくれるかも知れないと助けを求めた。

しかし、知里に恋人ができたと知った修平は、それまで以上の熱烈さでアプローチをするようになった。

お姉ちゃんと別れてくれるならと、切羽つまって知里は言った。

本当に、友希と修平を別れさせたかったわけではない。ただ、友希がいると分かっているのに、修平と深い関係になどやはりなれない。

必ず別れるからと、修平は約束した。まさか本当にそんなことまで言ってもらえると思っていなかった知里はうろたえた。

寛に悪いことをしているとは分かっていながら、修平と一緒にいられる時間を捨てきれなかった。

彼の欲望を鎮《しず》めようと手や口でいけない奉仕をしてやる内、どうしてもせつない想いが増した。

友希だけでなく、寛までをもとっくに裏切っていたが、せめて一度でも、修平と想いを遂げられたらと考えたこともなかったわけではない。

だが、知里が望んだ修平との愛は、少なくともこんな一方的なものではなかった。暴力的なものでもない。

だから、ある意味念願の展開のはずなのに、知里はちっとも嬉しくなどなかった。むしろ、寛への鬱屈した想いを刺激される結果になる。

(寛さん)

あの日の寛の行為も強引だった。しかしあのときは、ここまでの嫌悪感を知里は抱かなかった。

激しく燃えた。

あとになって考えると、顔から火を噴きそうなほど恥ずかしかったが、あのとき知里は寛の肉棒で、ほんのひととき、本当にこの世の地獄から抜けだせた。

だって、寛がきらいなわけではないのだから。

いや、むしろ――と思いかけ、知里は自分を止める。もう私は、そんなことを言ってもよい女では、すでにない。

「に、義兄さん。きゃああ」

リラックスした部屋着の上下を、修平は知里からむしりとった。

下着として身につけていたのは、水玉模様のブラジャーとパンティ。

まさかいきなり修平が訪ねてくるなどとは思わずに、ちょっと子供っぽい下着を身につけてしまっていた。だがこんなときに、そんなことを後悔している自分が、はっきり言って知里は嫌いだ。

「知里ちゃん」

「やめてっ、あああぁぁん」

どんなに懸命にあらがっても、本気になった男の腕力に対抗できるはずもない。

知里は修平に覆いかぶさられ、ブラジャーを鎖骨までずりあげられた。意志とは何の関係もなく、たわわな乳房がブルンとふるえて義兄の眼前にさらされる。

……ちゅぶ。

「きゃはあぁ」

修平はむしゃぶりつくように、片房の頂に吸いついた。

腹を空かせた赤子さながら。ちゅうちゅうともの狂おしく乳を吸い、さかんに舌で乳首を弾く。

（あああン……）

股のつけ根がキュンとなった。

しっかりしてと自分に発破《はっぱ》をかける。

こんな世界からはもう抜けださなければと思っていたはずなのに、修平の愛撫に泣きそうになってしまう、弱い自分が今日もいる。

「はうう、義兄さん……」

「そ、そうだ。動画撮ろうか、知里ちゃん」

「……えっ」

(動画⁉)

最初は、なにを言っているのか分からなかった。

だが修平は行為を中断し、床に身を乗りだす。そこには、知里をベッドに押したおすと同時に放り捨てていた彼の鞄があった。

「に、義兄さん」

「ね、撮ろうよ。ずっと撮りたかったんだ、知里ちゃんとエッチをするところ」

「えっ、ええっ？　ちょ、ちょっと待って」

「はぁはぁ。はぁはぁはぁ」

修平は鞄を拾いあげてファスナーを開き、中からスマホを取りだした。

知里は動転する。

どうやら冗談ではなさそうだ。

だが、セックスをしているところを動画に撮られるだなんて、まじめな知里には受け入れられるものではない。

「や、やめて、義兄さん。動画なんていや」

「い、いいから。大丈夫だから」

知里は上体を起こし、修平の手からスマホを奪おうとする。

しかし義兄もゆずらない。

知里の手を何度も払い、ぜがひでも録画を始めようとする。だがそもそも、どうしていきなり動画なのだ。

知里にはさっぱり分からない。

「義兄さん、いや」

「いいじゃないか。二人の記念に。初めて結ばれる記念のエッチなんて、一生に一度きりなんだから」

「いや、いやいや」

「わっと……」

揉みあううち、修平の手から鞄が落ちた。いったんベッドに跳ねたそれは、勢いよく床へと転がり、中身の一部がぶちまけられる。

「きゃああ」

しかしそれどころではなかった。

ふたたび修平が力任せに覆いかぶさり、知里にスマホを向けながら、二人の接吻行為を録画しようとする。

「──むんぅぅ。い、いや、義兄さん、ちょっと待って……んんむぅ……」

「はぁはぁ。愛してる、知里ちゃん。愛してるんだ。んっ……」

(こ、こんなのいや。いやああ)

キスをするすぐそこに、ビデオカメラと化したスマホの画面が向けられていた。それだけで知里は拒絶感がつのり、とてもではないけれど集中などできない。

「義兄さん、いやあ……きゃん……」

「はぁはぁ……知里ちゃん、分かってくれよ、俺の気持ち。んっ……」

……ピチャピチャ、ねろねろ、ねろん。

「いやあ。アアァン」

あらがって顔をそむけると、修平は義妹の横顔からうなじにかけてねっとりと舌を這わせた。

悪寒によく似た鳥肌がゾクリと立つ。

だがこれは、決して快感の証《あか》しなどではなかった。

「いや、いやああ……」

知里はさらに身をよじり、修平の責めから逃れようとした。ベッドを脇にずり、端の方まで移動する。

視界に、床に転がった鞄があった。鞄からは、書類やら何やら、いろいろなものがぶちまけられている。

(えっ……？)

なおも修平にあらがいつつ、知里は眉間に皺を寄せた。

鞄から飛び出したものの中に、Ａ４サイズの封筒がある。

書かれた社名に見覚えがあった。

なんだったっけ——そんな場合ではないはずなのに、知里は気になった社名と自分の記憶を照合する。

(あっ……！)

やがて、知里は思いだした。

うろたえる。

どうしてこの会社の社名入り封筒なんて、義兄は持っているのだろう。

「あああ、知里ちゃん」

「ああ、義兄さん……」

しかし、修平は気づかない。

スルスルと知里の身体を下降して、いよいよパンティを脱がせようとした。

「いや、義兄さん。私、シャワーもまだ……」

「……えっ」

修平は期待に満ちた顔つきで知里を見た。

「せめて……せめてシャワーを浴びさせて。言うこと、聞くから……」

知里は興奮する修平に哀訴した。

我知らず顔が熱くなる。

修平はとうとうやったというような歓喜の表情で、ぐびっと唾を呑みこんだ。

耐えられなくなり、知里は力なくうなだれた。

第七章　とろめき露天風呂

1

季節は春へと向かいつつあった。

確実に、いろいろなことが変わっていこうとしていた。

「あやの泉」は、ついに反転攻勢に成功した。

寛のＩＴ広告エキスパートとしての知識や経験が、スーパー銭湯の復活に大きく貢献した。

彼は影響力抜群のインフルエンサーたちに依頼し、彼ら彼女らのＳＮＳで「あやの泉」を紹介してもらった。

実際に銭湯まで来てもらい、現地で体験したワクワク感を影響力抜群のインフルエンサーたちに、世間に向けて発信してもらった。

また、館内に格安の出張占いコーナーをもうけ、ネットや書籍で人気上昇中の占い師を週替わりで招聘《しょうへい》し「お風呂に入って開運しよう！」と新規顧客を呼びよせた。

他のどこでも体験できない破格料金での鑑定に、若い女性を中心にアンテナの感度の高い人々が飛びついた。

さらには、イケメン演歌歌手をはじめとした、そこまでメジャーというわけではないけれど根強い人気を持つ若手歌手のミニライブ興行。

さらには、二つ目の落語家やこれから人気が出そうな芸人たちを中心にしたお笑いライブも連続して打ち、こちらもまた、新たな顧客の開拓に貢献した。

銭湯に、客が戻ってきた。

週末はもちろん、平日も終日活況を呈するようになり、三姉妹は旧来のスタッフに加え、新たな従業員も採用しなければならなかった。

そんな中、「あやの泉」を去っていく者もいた。

修平である。

知里と不倫をしていたことがばれた修平は、さらなる裏切りまで発覚し、友希の逆鱗に触れて離婚前提で家まで追いだされた。

友希はみんなにとってよかれと思う気持ちから、夫の口車に乗って身売り推進に努めた。

だがじつは、からくりがあった。

修平は裏で件の不動産業者とひそかに結託し、売却の折には業者から多額のマージンをこっそりと受けとる密約までしていたのだ。もちろん友希はもとより、姉妹たち全員に内緒にしての話である。

そのことを知ったのは、知里だった。

突然修平が訪ねてきたあの夜。

修平の鞄から飛びだしたのは、疑い深い彼が不動産業者に一筆したためさせた念書の入った封筒だった。

奇妙に思った知里は、セックスをしてもいいから交替でシャワーを浴びたいと修平に提案した。

そして、あえて自らキスをして修平を安心させ、風呂に送り出すと、その隙をつき、彼がバッグにしまいこんだ書類をしっかとたしかめ、自分たちに対する義兄の裏切りを知ったのであった。

友希の後ろ盾を失いそうになった修平は、あの日、ちょっとした恐慌状態にあった。

友希がだめなら、もう知里しかない——短絡的に、そう思ったという。なんとしても知里と一線を越え、その心を自分のものにするしか、暮らしている世界で生き残っていく方法はないと考えた。

しかしとっくに、知里の気持ちが自分から離れかけてしまっていることにも彼は気づいていた。

一か八かの、最後の手段。

いざとなれば脅迫にも使える禁忌な動画を手に入れることで、知里を自分のものにしようと画策したのである。

ところが、そんな彼の奸計は知里の機転で水泡に帰した。

修平が風呂から上がったときには、知里の姿は件の書類と彼のスマホとともに、いずこへともなく消えていた。

こうして亜矢子たちのお家騒動は、無事に一件落着したのである。

2

そして、そんなある日の貸切個室。

「寛さん……」

「……」

寛はまたしても、知里と二人でそこにいた。

閑古鳥が鳴いていた数カ月前とは違い、空いている時間を探すのが難しい状況になっている。

だが、奇跡的に客からキャンセルの出たその時、知里は話があると言って、銭湯を訪ねた寛を貸切個室に誘った。

「いろいろと……ごめんなさい」

座卓を挟んで向きあった。

かつての恋人は、かしこまって謝罪する。背すじを伸ばし、深々と頭を下げてしばらくそのままでいた。

「寛さんの言うとおりだった」

ようやく顔をあげ、自嘲的に微笑んで言う。

「利用されていただけだったの、私。自分たちの仲間に私を引き入れて、亜矢子姉さんを孤立させようとして。亜矢子姉さんが、最後はみんなの多数決で存続か身売りか決めるしかないと思ってるって、言ったことがあったものだから」

力なくうつむき、弱々しい笑みを口もとに浮かべたまま知里は言った。

「知里さん……」

「私のことなんか、本気で好きだったわけじゃなかった。あの人にしてみれば、ああよくばいい思いもできて一石二鳥ぐらいの感覚だったと思う」

「……」

「それなのに、私ったら本気になっちゃって。これじゃいけないって思って、寛さんなら私をあの世界から連れだしてくれるって思ってつきあいはじめたのに、結局、ズルズルと、あの人との関係を断ちきれなくて、結局、寛さんにも申し訳ないことを」

「もういいよ」

寛は破顔して、知里に言った。

「知里さんも、つらかったと思う」

「……ごめんなさい」

寛の言葉に、知里は可憐な美貌をこわばらせ、ふたたび頭を下げた。

だが顔をあげ、寛を見つめる双眸には、せつない感情が入りまじる。

「やり直せ……ないよね……」

「……えっ」

寛は驚き、目を見張った。

「無理だよね……」

知里は恥ずかしそうに肩を落とし、小さくなった。そのせつなげなたたずまいに、寛は胸を締めつけられる。

しかし、寛はもはや知里の想いに応えることはできなかった。しかもそれは、すでに彼一人の心の問題ではなくなっている。

亜矢子には、もうすべてを話していた。

知里との仲は終わってしまったこと。いや、それどころか、知里が裏で修平とつながっていたことを知って深く傷つき、悲しみにかられてひどい行為に及んでしまったことまでも。

後悔していると告げた。そしてその上で、彼はあらためて、亜矢子にプロポーズをした。

もう自分の気持ちは亜矢子にしかないと。すぐにとは言わないので、自分とのことをどうか考えてほしいと。

すると亜矢子は、すぐにその場で返事をしてくれたのである。寛の気持ちを受け入れると。

「……ごめん」

長い間の後、寛は知里にそう言った。

「えっ」

知里が寂しそうに顔をあげる。

「もう……終わったことだから」

「……だよね」

ささやくようなか細い声だった。

うなだれる。小さなその肩が、ややあってふるえ始めた。

寛はやりきれない思いになる。しかし亜矢子のことを考えたら、もはや情けをかけてはならない。

いつか頃合いを見計らい、知里にも亜矢子とのことはきちんと報告しなければならなかった。

「ごめんね」

嗚咽しながら、知里は言った。

「ううん」

寛もうつむき、弱々しくかぶりを振る。

「忘れるから。きれいさっぱり。寛さんのことは忘れて、友だちに戻るから」

「……うん」

「だから……だから……ちょっとだけ泣かせて……」

知里はそう言って、涙のしずくを座卓に落とし始めた。

「うえっ……えぐっ……」

（知里さん……）

寛は言葉もなく、ともにうなだれ、知里の悲しみを受けとめた。

3

「あやの泉」は今日も終日、大盛況だった。

だからその分、営業が終了した後の静けさには祭りの後のような寂寞《せきばく》感がともなう。

だが今夜、寛が感じている想いの中には、知里と過ごした今日の時間の重さも、かなりの分量で混じっていた。

「亜矢子さん……」

「んっんっ……あぁン、寛、さん……ハァアン……」

……ちゅっちゅ。ちゅぱ。

誰もいなくなった深夜の館内。つい先ほどまで、亜矢子と寛はまた館内の食事処で、二人きりの夕餉《ゆうげ》を過ごした。

少しだけ酒を飲み、仕事の話に没頭した。

寛と亜矢子が考えているのは、「あやの泉」反転攻勢第二弾。

弾みのついた今の勢いに乗り、二人はさらにスーパー銭湯のリニューアル計画を押し進めようとしていた。

利用客が比較的少なく、老朽化も激しいお休み処を縮小し、食事処とは別に喫茶室を造ろうと考えていた。

また、格安で散髪のできる理容室も新たにオープンさせようとしている。

そのため、協力を仰げそうなそれぞれの業者との打ち合わせなどで、このところ寛はフル回転をしていた。

はっきり言って、すでに気持ちは「あやの泉」のスタッフの一人。その結果、彼は今勤めている会社に、近々退職届を出すことも決めていた。

そのことを告げると、亜矢子はとまどいながらも嬉しそうに微笑んだ。

そんな未亡人の笑顔を見ることができただけでも、自分の決断にまちがいはなかったと、寛は思ったものだ。

そして夕餉が終わると、寛は意を決して亜矢子を風呂に誘った。

亜矢子はとまどったものの、最終的には覚悟を決めてくれた。

こうして二人は男湯大浴場の脱衣所に移動し、貸切状態でとろけるような接吻を始めたのである。

「亜矢子さん、聞かないんですか。んっんんっ……」

未亡人とディープなキスにふけりながら、寛は聞いた。

すでに亜矢子からは、いついかなる時でも社長ではなく名前で呼んでかまわないと言われていた。「お義姉《ねえ》さん」でもすでにない。

「えっ。な、なにを……ハァアン、んっ……」

……ピチャピチャ、れぢゅ。ちゅぱ。

大きな脱衣所にはいくつかのベンチが置いてあった。

そのひとつに、並んで腰を下ろしている。

亜矢子は制服の作務衣、寛は客用のくつろいだ館内着を着ていた。そのほうが楽でしょと亜矢子に言われ、食事をする前に着替えていた。

寛は亜矢子の朱唇を奪いつつ、やわやわと片手で乳を揉みしだいた。作務衣越しではあるものの、未亡人の巨乳はやはりとろけるような柔らかさだ。

「聞かないのかって、なにを……んはあぁ……」

作務衣の上から乳首のあたりをスリスリとやると、亜矢子は小さく肢体をふるわせ、艶めかしくあえぐ。

「決まってるじゃないですか」

そんな亜矢子に、寛は言った。

「知里さんとの話が、どうなったかです」

「んはあぁ、そ、そんなの……聞かなくても……あっあっ……分かっているから。ンハアァ……」

「亜矢子さん……」

「それに」

ねっとりとしたキスを終え、亜矢子は唇を放した。

二人の唇の間に、唾液の橋が架かる。ネバネバしたその橋は自重に負け、U字にたわんでちぎれて消えた。

「今夜は……知里のこと……忘れていたい……」

「――っ。亜矢子さん」

「あなたさえ」

「……えっ」

「あなたさえ、私なんかでいいのなら」

亜矢子は恥ずかしそうに睫毛を伏せ、困ったように唇を噛む。だがやがて、真剣な表情で美貌をあげると、言った。

「今夜は……今夜だけは……あなたと二人きり。あなたのことだけ考えて、一緒にいたい」

「亜矢子さん。んっ……」

「むはぁ……寛くん……んっんっ……」

亜矢子は初めて、寛を「寛くん」と呼んだ。

言葉は魔法だ。

たったそれだけのことで、心の距離が信じられないほど縮まる。寛はうっとりと愛《いと》しい熟女との、今夜二度目の接吻に溺れた。

「だったら、もっと早く……仕事の話なんか打ち切りにすればよかった……」

……ピチャピチャ、れろん。

「んっんっ……ンフフ、私も……同じことを……」

「ああ、亜矢子さん、ほんとは……さっきからずっと、亜矢子さんにこんなことをしたかった……」

「あああ」

寛は大胆にも、作務衣の上から亜矢子の局部に指を押しつけ、スリスリと上下に愛撫した。

彼女のそこは、じめっとした温《ぬく》みを感じさせる。

亜矢子は感極まった声をあげ、寛のいやらしい愛撫に、熟れた女体をくなくなとよじって反応した。

「あァン、寛くん……」

「スケベな男でごめんなさい。でも……好きになった女の人には、どうしてもスケベになってしまいます。男って、そういう生き物――」

「いいのよ、いいの。ハアァン……」

寛は自分の猥褻さを、全男性の罪にした。

だが許しを乞う寛に、いつにない大胆さで亜矢子は答える。

もっとさわって、ねえ、もっととでも言うかのようだった。自ら体勢を変え、寛の指に局部を擦りつけるような動きをする。

「おお、亜矢子さん……」

「ああ、恥ずかしい……でも……こんな私でよかったら……好きにして……」

「──っ。あ、亜矢子さん……」

「し、してあげる。寛くんのしたいこと。一緒に……一緒に……」

「亜矢子さん」

「ああああ」

なんてかわいいことを言ってくれるのだろうと、寛は天にも昇る心地になった。

彼の脳裏に、割れた瓶の切っ先を喉もとにあてがい、自死さえ覚悟で彼と対峙したあの夜の亜矢子が蘇る。

「亜矢子さん。俺、今、多分亜矢子さんが思っている以上に幸せです」

「寛くん……」

「お風呂に行きましょう。したかった、亜矢子さんと混浴」

「ば、ばか……ンフフ……ハアアァン……」

せつない想いをこめて、ひときわいやらしく、クリ豆のあたりをグリグリとやった。

それだけで亜矢子は痙攣し、艶めかしいあえぎ声を上ずらせた。

4

「おお、亜矢子さん……」

「アン、恥ずかしい……ああ、そんな……んはあぁ……」

「はぁはぁはぁ……んっんっ……」

……ピチャピチャ、れろん、れろれろ。

白い湯けむりがもうもうとたゆたった。

二人は男湯の内風呂にいる。檜の湯船に並んで座り、寛は愛する人の乳を夢中になって吸った。

「亜矢子さん、おっぱいおいしい。おいしいです。んっんっ」

「ハアァン、寛くん……」

寛はうっとりと目を閉じ、身体中をしびれさせる。世界でいちばん愛しい人の乳を吸える悦びは、やはり何ものにも勝った。

(幸せだ)

身体だけでなく、心までもがしびれていく。

ペニスだけはギンギンに硬くなっていたが、あとのすべてはバターのように溶けていく感じがした。

「かわいい……」

（えっ……）

すると、思っても見なかった声が降ってくる。

寛は驚き、乳首を放して亜矢子を見た。

「あっ……」

それは、つい漏らしてしまった言葉だったか。寛と目があった熟女は、しまったというように清楚な美貌をこわばらせる。湯のせいで火照った頰の赤味が、いっそう強いものになる。

「亜矢子さん……」

「だ、だって……だって……ほんとなんだもの」

「ああッ……」

もう隠したくないとでも言わんばかりの激しさだ。亜矢子は両手を回し、風呂の中で寛をギュッと抱きすくめる。

豊熟の三十七歳の乳房がクッションになって密着した。湯に濡れたやわらかな乳と身体を通じ、寛は亜矢子の強い愛情をリアルに感じる。

「かわいい。かわいい。知里、ごめんね、ほんとにごめんね」

「――っ。あ、亜矢子さん……」

「ほんとにごめんね。でも……でも……好きになってしまったの」

（わああ……）

今夜は知里のことは忘れていたいと言いながら、やはり忘れてなどいなかったのだろう。

亜矢子は姉らしい慎み深さと優しさで末の妹を気づかい、申し訳なさを言い募る。それでもあふれだす想いはいかんともしがたいとでも言うかのように、さらに強くギユウギユウと寛を抱きすくめ、頰ずりをした。

寛は嬉しかった。幸せだった。

そして、ますますこの人が好きになる。

寛が愛したこの女性は、いつだって自分の周囲の人々のことを大切に思ってやまなかった。

「亜矢子さん」

「なあに」

「……ちん×ん、舐めてもらいたいです」

「いいわよ」

（ああ……）

寛は亜矢子にフェラチオをねだった。亜矢子は年下の恋人の淫らな求めに、甘い声で答える。

彼から裸身を放し、照れくさそうに微笑んだ。

寛は湯船から立ちあがる。

大量の湯がしたたった。寛の裸身からも湯気が上がる。股間からは雄々しい勃起が天に向かって反りかえっている。

「はうう……」

チラッとそれを目にした未亡人は、困ったように目を伏せた。

しかしそんな自分を叱咤《しった》するかのように、彼が湯船の縁に座るや、彼に足を開かせ、股の間に近づいてくる。

「寛くん」

「わああ……」

白魚の指に、猛るペニスを握りしめられた。

正直それだけで、寛は達しそうになる。あわててアヌスをすぼめ、爆発衝動を回避した。今夜はいつもより、さらに身体が敏感になっていると寛は思う。

「はぁはぁ……寛くん……寛くん……」

……しこしこ。しこしこしこしこ。

「わあぁ、亜矢子さん……」

熟女が繰りだす淫戯に、天を仰いで愉悦の声を漏らした。この快さは、愛しい女性にしごかれているからという理由だけではおそらくない。

亜矢子の手コキは巧みだった。

もともと、人の妻だった女性。かつては愛する夫にせがまれ、夜ごとその勃起をしごいてやったのかも知れない。

(妬《や》ける)

もうこの世にはいない亜矢子の前夫にジェラシーを覚えた。

それと同時に、この女性に好きになってもらえた自分に、あらためて強い責任を覚える。

幸せにしてあげたかった。

少なくとも今度こそ、互いに歳を取り、この世を去るまで長いこと、いつまでもそばにいて、安心と満足を感じさせてあげたい。

(旦那さん、すみません。必ず幸せにしますから)

寛は心で、亜矢子の亡夫に手をあわせて誓った。顔さえ知らない相手だったが「しかたないね」と笑い返してもらえた気がした。

「ハアン、寛くん……んっ……」

……ピチャ。

「わああ……」

亜矢子の陰茎奉仕に、舌が加わった。

リズミカルな手コキを続けつつ、首を伸ばして顔を近づけ、ざらつく舌で鈴口を舐めてくれる。

粘る唾液がたっぷりと舌に乗っていた。亀頭をあやされ、甘酸っぱさいっぱいの快美感がペニスの先から火花を散らす。

「亜矢子さん、気持ちいいです」

「はぁはぁ……ほんと？　私、あんまり上手じゃないから。んっんっ……」

「そんな、こと、ない……おおお……」

「ほんとに？　お願い、いっぱい気持ちよくなって……んっんっ……」

……ピチャピチャ、れろれろ、ちゅぷ。

「わあ、気持ちいい！」

亜矢子は、右から左から立て続けに舌の雨を降らせ、亀頭を唾液まみれにした。鈍感かも知れない寛ですら分かる。

たっぷりなのは唾液だけではなかった。心からの愛おしさもまた、亜矢子はたっぷりと乗せてくれている。

夢中になって、何度も舌を亀頭と棹に擦りつけ、ピチャピチャ、ねろねろと舐めしゃぶった。

世の中の半分は女性だと言うけれど、好きになることのできる女性の数などたかが知れている。

両思いとなれば、なおさらだ。

そんな風に心を通じあわせることのできた奇跡のような女性が、一心に勃起を舐めてくれていた。

それは、何という幸せなことだろう。必死に生きていれば、こんな幸福なことも神様は用意してくださるのだ。

「あぁン、寛くん……んっ……」

「うわっ、わああ……」

亜矢子のフェラチオはさらにエスカレートした。口をいっぱいに開け、ペニスを頭から丸呑みする。

「むんぅ……す、すごい……」

「亜矢子さん……」

亜矢子は目を白黒させた。

その口は決して大きいほうではない。そんな口で呑みこむには、寛の怒張は胴回りも長さも大きすぎた。

熟女の口はまん丸に広がり、ピンクの唇が完全に突っぱる。唇の端もミチミチと延ばされ、今にも皮が切れてしまうかと思うほどだ。

楚々とした美貌が崩れ、別人になっていた。形のいい鼻腔がハの字に変形し、左右に引っぱられている。一重の双眸も斜め下に引っぱられ、垂れ目がちの顔つきに変わっていた。

「むふぅん、むふぅん、寛くん……んっ……」

……ピチャ、ぢゅぽ、ぴちゃ。

「うおお、亜矢子さん……」

亜矢子は卑猥な啄木鳥《きつつき》と化していた。

前へ後ろへと小顔をしゃくり、包みこんだ粘膜とざらつく舌で、寛の陰茎をさらに気持ちよくさせようとする。

「くぅう、たまらない……でも、苦しくないですか」

「へ、平気……私のことはいいから……いっぱい感じて。んっ……」

「うおお……」

亜矢子の表情は、いかにも苦しげだった。頰張るには無理のある極太を咥えているのだから無理はない。

だがそれでも亜矢子は顔を振り、猛るペニスに奉仕をする。

フンフンと鼻息を荒くして、口の裏側で思いきり肉棹を締めつけ、ムギュムギュとしごいた。

さらにはそこに舌の責めが加わる。

ざらつく舌がねっとりと亀頭に絡みつき、飴《あめ》を舐め溶かそうとするように、勢いよく鈴口を転がす。

「亜矢子さん、気持ちいいです……そ、そんなにしたら、もう出てしまいます！」

情けなかったが、最後の瞬間が迫っていることは事実だった。声を上ずらせ、寛は亜矢子に訴える。

「い、いいのよ、出して……いっぱい出してっ！　んっんっ……！」

――ぢゅぽぢゅぽぢゅぽ！　ピチャピチャ、ぢゅぽっ！

（あああっ！）

いよいよ亜矢子は顔の動きにスパートをかけた。怒濤《どとう》の勢いで前へ後ろへと顔をしゃくり、口腔粘膜で棹をしごき、亀頭をれろれろと舐めまくる。

「き、気持ちいい。イク！　イッちゃいます！」

どんなにこらえようとしても、もう限界だ。

すぼめた肛門が甘酸っぱくしびれ、背すじを鳥肌が駆けあがる。陰茎の芯が熱くなった。陰嚢の中で睾丸が煮立てられるうずらの卵のように跳ねる。

（イクッ！）

「あン、出して……んっんっ……いっぱい……いっぱいィン！」

――ぢゅぽぢゅぽぢゅぽ！　ぢゅぽぢゅぽぢゅぽぢゅぽっ！

「イ、イクッ！　イクイクイクッ！　うおおおっ！」

「んんんむうぅっ‼」

――どぴゅどぴゅ！　どぴゅどぴゅどぴゅっ！

「んんんっ！」

「ああ……」

ついに寛は絶頂に突きぬけた。

限界を迎えた男根が痙攣を開始する。

三回、四回、五回――野太い肉棒が我が物顔で脈動した。そのたび大量の精液を美熟女の口中にぶちまける。

「んんっ、すごい……むんぅぅ……」

「亜矢子さん……」

射精をしながら申し訳なくなった。亜矢子は苦しそうに目を閉じ、精子を受けとめる務めを果たしてくれている。

あふれだすザーメンのせいで左右の頬が膨らんだ。もうやめてあげなければと思うものの、今夜の射精はいつもより量が多い。

「ごめんなさい、亜矢子さん……」

愛しい人の口の中に精液を注ぎこみながら、寛は謝罪した。

そんな彼に年上の熟女は小さくかぶりを振り、恥ずかしそうに微笑んだ。

5

「はい、洗ってあげる」

亜矢子は両手をソープまみれにした。白い泡がブクブクと立つ。

「いや、亜矢子さん」

「ほら、来なさい」

二人は向かいあって風呂椅子に座っていた。寛の陰茎は射精をしたというのに、まだ反りかえったままだ。

「ほら、寛くん」

「で、でも……」

「いいから。ほら、おいで」

（ああ……おいでだって）

亜矢子の言葉に天にも昇る心地になる。

こんな色っぽい声で誘われては、もう遠慮もできない。寛は椅子をずらし、亜矢子の至近距離にまで近づいた。

「まあ……」

眼前で上下にしなる、まだまだやる気満々の極太に、未亡人はほんのりと美貌を紅潮させた。恥じらいながらも前かがみになり、両手で肉棒を石鹸まみれにして洗ってくれる。

「うわあ……」

最高だと寛は天を仰いだ。泡まみれの手で陰茎をいじくられているのだ。

しかもそれをしてくれているのはこの世で最愛の人なのだ。寛はまたしても達してしまいそうになる。

「あ、亜矢子さん、気持ちいいです。おおお……」

「ンフフ、かわいい……いいのよ、もっと気持ちよく――」

「お、俺も……俺もしてあげます！」

「えっ。きゃっ」

こんな気持ちのいいこと、亜矢子にもしてやらなくてどうする。自分だけ、二度も達してしまうのは申し訳なかった。

陰茎を丸洗いしてもらった寛は、石鹸まみれの勃起を震わせながらたっぷりのソープを手にとり、両手で擦ってブクブクと泡立てる。

「あ、あの……私……私はいいから……!?」

「はぁはぁ……遠慮しないでください。ああ、亜矢子さん」

「きゃあああ」

風呂椅子に腰を下ろす未亡人の後ろに回り、泡まみれの両手でおっぱいを鷲づかみにした。

ソープなどなくとも、触れただけで激しく昂ぶる魅惑の巨乳。

だがやはりヌルヌルとした責め具を味方につけると、その触り心地は格段に快いものになる。

……にちゃ。ヌルヌルッ、ネチョッ。

「ハァアン。だ、だめ、やめて……あっ……あっあっ……」

「おおお、亜矢子さん。はぁはぁ……」

柔らかでツルツルした乳房と、その先端でコリコリした突起を見せる乳首の感触は最高だった。

撫で回しつつ揉みしだけば、とろけるような肉房がふにゅり、ふにゅりと変形する。しこった乳首に指と手のひらを押しかえされる感覚にも、男を腑抜けにするいやらしさがある。

「アッハァ……」

寛は背後から熟女を抱きしめ、万感の想いをこめて乳を揉んだ。柔らかなお腹をさすり、内腿《うちもも》もフェザータッチで愛撫して、首すじに熱烈にキスをする。

「きゃん」

……ビクン。

「おお……感じますか。さあ、今度は亜矢子さんがいっぱい感じて。んっ……」

……ちゅっちゅ。

「きゃん。きゃん。ああ、だめ、そんなにしたら。んはああ……」

今夜も未亡人は敏感だった。

黒髪をアップにまとめ、白いうなじを剝きだしにしている。

ふるいつきたくなる首すじに、ちゅっちゅと何度も接吻をすれば、そのたび亜矢子は熟れた裸身を痙攣させ、いたたまれなさそうに目を閉じ、唇を嚙みしめる。

「くぅ、亜矢子さん。興奮します……」

「きゃあああ」

寛はもうたまらなかった。

亜矢子の裸身は、ソープの泡でヌルヌルになってきている。

今度は股のつけ根に泡まみれの指を潜りこませた。亜矢子は悲鳴をあげ、反射的にピタリと腿を閉じる。

「ひ、寛くん、だめ。そこはだめ……恥ずかしい……」

「恥ずかしがらないで。そらそら、そらっ」

……ヌチョッ。グチャッ。

「あああああ」

熟女の太腿に挟まれながら、マングローブの森さながらの剛毛地帯をシャンプーでもするように泡立てた。

漆黒の恥毛がたちまち泡まみれになる。黒い縮れ毛にソープが混じった、もっさりと卑猥なふくらみが生まれる。

だがこんなのはもちろん前戯の前戯だ。

寛はためらうことなく、さらに究極の湿地へとにゅるりと指をすべらせる。

「うあああ。いやいや。だめだめだめ」

「おお、亜矢子さん！」

――グチョグチョグチョ！

「ヒイィイン。ヒイイィイ」

（ああ、もうこんなに濡れて）

亜矢子のワレメの中は、すでに予想していた以上の潤みぶり。強引に指を潜りこませれば、ぬめりを帯びた淫蜜とともに、温かな粘膜が浅黒い指を迎え入れて締めつける。

寛は片手で乳を揉み、乳首をビンビンと弾きつつ亜矢子の秘割れも猛然と擦った。ぬめる肉溝の狭間《はざま》を上下にこじり、膣穴をあやし、ワレメの上に鎮座するクリトリスもぞろっと撫であげる。

「あああ、だめ、ああ、そんなことしたらおかしくなっちゃう。いやいやいや」

「亜矢子さん……」

どうやら相当感じるようだ。

淫らさを増した寛の責めに、亜矢子も一気にとり乱す。

必死に彼の手を締めつけていたむちむち太腿がどちらも離れた。しかも亜矢子は、自分がそうしてしまったことにすら、気づいていない。

「あああ。だめ。あああああ」

亜矢子は太腿を閉じたり開いたりしながら、寛の責めに艶めかしくあえいだ。だが、腿を閉じたとしても先ほどまでのような強さはない。

昼間の仮面を脱ぎすてて、獣の素顔をさらけだしている。

「ああ、亜矢子さん！」

寛はさらに強く熟女を抱きしめ、乳房と乳首、淫肉への猥褻な愛撫をエスカレートさせた。

――グチョグチョグチョ！　ヌチョッ、グチャッ、ヌチョッ！

「ヒイイィン。ああ、それだめ。それだめぇえ。そんなにしたら、そんなにしたら、うあああ、うあああああ」

「はぁはぁ。はぁはぁはぁ」

亜矢子は椅子の上で激しく悶え、今にもずり落ちそうになった。ほとばしる淫声も、ズシリと低音の響きを混じらせる。

日ごろの鈴を転がすようなたおやかな声に対して、別人かと思うような野太いよがり声に寛はそそられた。

「そ、そら。そらそらそらっ！」

亜矢子へのせつない愛が性欲に変質し、愛する人を責め立てさせる。

乳を揉みしだく動きにも、股のつけ根のぬめり肉をあやす指にも、熱烈でねちっこい想いが加わる。

「ヒイイ。ヒイイィ。ああ、だめ。そんなにしたらイッちゃう。イッちゃうンン」

「はぁはぁ……亜矢子さん、イッて。ねえ、イッて！」

——グチョグチョグチョ！　グチョグチョグチョグチョ！

「うああ。気持ちいい、気持ちいい。イッちゃうの、イッちゃうンン。あああああ」

……ビクン、ビクン。

「うわあ」

「ハアァァン……」

とうとう亜矢子はアクメに達した。獣のような声をあげ、ひときわ激しくその身を痙攣させる。

その途端、尻が椅子からすべった。床へと落ちる熟女を抱きとめ、寛も一緒にそこに転がる。

「ハアァン、寛くん、はぁはぁはぁ……」

「亜矢子さん、すごい……はぁはぁ……でも、まだまだこれからですよ」

二人してお湯まみれの床に転がり、新鮮な空気をむさぼり吸った。亜矢子が息を吸うたびに、豊満な乳房がブルン、ブルンとよく揺れる。

最近は、一日中多くの客でにぎわうスーパー銭湯の大浴場。

そんな浴場の洗い場に、開放的な気分で横になれるのは心地よかった。

しかも、ここは男湯である。本来は男しか入れないはずの空間に、こともあろうに全裸の亜矢子がいた。

「亜矢子さん、外に出ましょう」

なかなか息がもとに戻らない亜矢子を、寛は誘った。先に立ち、腕を取って起きあがらせようとする。

「えっ、外って……」

亜矢子はぼうっとしたような表情で寛に聞いた。

「決まってるじゃないですか」

そんな熟女に寛は言う。

「露天風呂で、亜矢子さんとセックスしたいです」

6

「あああ、寛くん、寛くぅぅん」

「はぁはぁ……亜矢子さん。ああ、亜矢子さん！」

……ぐぢゅる。ぬぢゅる。

「うああぁ。あああああ」

十二月の冷気は尋常ではなかった。

だが露天の空間には、もうもうと白い湯けむりがたゆたっている。寛と亜矢子が全裸で激情をぶつけあうこの空間だけには、季節はずれの熱気が充満している。

露天の大岩風呂には、最低限の明かりしか点《とも》っていなかった。

そこに浮かびあがる亜矢子の裸身は、光と影のコントラストが相まって、さらに官能的な魅力を放っている。

二人して湯に入り、少し温まった後だった。

亜矢子をひときわ大きな岩の前に立たせ、こちらに尻を向けさせた。

三十七歳の未亡人は、湯に濡れたむちむち裸身を惜しげもなくさらし、立ちバックの体勢でヒップを突きだす。

完熟の臀丘が白桃のような眺めを誇示し、ほかほかと湯気を上げていた。そんな亜矢子の牝肉に、寛はグチョグチョと男根を擦りつける。

「うああぁ。寛くん。ああ、寛くん。うあああぁ」

「亜矢子さん……」

亜矢子はもう、おのれの欲望を隠そうとはしなかった。

夫を失って以来、自慰さえ禁じたせつない暮らし。

そこに、年齢による成熟や日々の暮らしがもたらすさまざまなフラストレーションがかさなり、結果的に、以前より格段に感じるような身体になってしまっていることを、恥じらいながら寛に語った。

「亜矢子さん、気持ちよくさせてあげますからね。よく今まで我慢しましたね」

オナニーまで禁じていたという未亡人に、寛は敬虔《けいけん》なものを感じた。

そしてそんな熟女の「禁」が、ほかでもない自分の男根で今破られようとしていることに、燃えあがるほどの興奮を覚える。

「ああン、寛くん、来て。ねえ、もう来てえええ」

恥も外聞もなく、亜矢子は求めた。

それはもはや、寛の知る昼間の亜矢子ではない。

寛はうれしかった。泣きたくなるほどうれしく、そして、興奮した。この人のこんな姿を見ることができて。

「おお、亜矢子さん！」

寛は一気に腰を突きだした。

——ヌプヌプヌプヌプッ。ぐちゃり！

「ハッヒイイィン」

「うわあ……」

夢にまで見た亜矢子の媚肉に、根もとまでペニスを突きさした。

亀頭の爆走をはばむかのように、やわらかな子宮が通せんぼをして、ぐちゅっとつぶれる。その艶めかしい感触を、たしかに寛は怒張に感じた。

亜矢子はあえなく前方に吹っ飛んだ。

眼前の大きな岩に乳と腹を押しつけ、ビクビクと痙攣する。

やはりこの人は、友希や知里の姉であった。見目麗《みめうるわ》しい美人姉妹は、欲望深き痴女的DNAでもひとつに結ばれている。

「くぅ、亜矢子さん、亜矢子さん！」

……バツン、バツン。

「ひはああ。ああん、寛くん、寛くぅぅん。いや、感じちゃう。すごく感じちゃう。前はこんなじゃ……」

「感じて、亜矢子さん。恥ずかしがらなくていいから。そらそらそら！」

吹き飛んだ未亡人をもとの体勢に戻し、怒濤のピストンを見舞いながら寛は言った。

口調も少しくだけた言い方に変えた。

　じわり。

　また二人の距離が縮まっていく。嬉しかった。最愛の人と身体も心もつながって、どんどんひとつに溶けていく。

「ハァアン、寛くん。嫌いにならないでね。淫らな私を嫌いにならないでね。うあああぁ」

「はぁはぁ……なるもんか。大好きだよ、大好きだよ、亜矢子さん！」

　前へ後ろへと熟れた裸身を揺さぶられ、いやらしく性器を擦りあわせながら、美熟女はケダモノじみた声をあげた。

「ヒイィイン。ヒイイイィ」

　上体を前屈みにしているせいで、Gカップのおっぱいが釣り鐘のように伸びている。

バックから激しく突かれ、重たげな乳が房を踊らせて絶え間なく弾んだ。

　つんと勃起した丸い乳首が、せわしなく向きを変える。

（たまらない、たまらない、たまらない）

　挿《い》れても出しても、腰の抜けそうな快美感が亀頭からひらめいた。

　バランスを取ろうと、くびれた腰に回していた手の片方で、ネチネチとたくましい尻を撫でる。

いい尻だ。知里の尻も見事だったが、やはり寛にとってはこの人の尻が最高だ。

今日もまた、ばかみたいに狂えるセックスがしたかった。寛は息苦しくなりながら、臀裂の底でヒクヒクとひくつく、皺々のアヌスをソフトにほじる。

「んっあああ。ああ、そんなことしちゃだめええ。感じちゃう。もっといっぱい、いっぱい感じちゃう。ンッヒイイィ」

「おおお、亜矢子さん。エロい。ねえ、もっともっとエロい亜矢子さん見せて！」

……ほじほじ。ほじほじほじほじ。

「ヒイィン。ああ、気持ちいい。挿れたり出したりされて感じちゃう。寛くん、私、幸せよ。ほんとに幸せよ。あなた、ごめんね。ごめんね。でも私、気持ちいい！」

亜矢子の言葉は、亡夫への真の別れの意志のように思えた。

寛はますます激しく昂ぶる。

「くう、亜矢子さん。亜矢子さん」

――パンパンパン！　パンパンパンパンパン！

「あああ。うあああ。イッちゃう。そんなにしたらまたイグッ。またイグッ！」

もっともっと、この幸せな時間を堪能していたかった。

だが亜矢子の胎肉は、あまりに快い。

姉妹共通の特徴だったが、とても狭隘で潤みも強い。しかも亜矢子の膣は先細り感もあり、奥へ行くほどさらに狭くなった。

さらにこの膣は、いいのいいのと喜悦するように蠕動し、自ら進んで猛るペニスを絞りこんでくる。

（もうだめだ！）

亜矢子も限界のようだが、それは寛も同じだった。不穏な波音が耳の奥から高まってくる。狂ったように腰を振り、膣ヒダにカリ首を擦りつける。

「うああ。あああ。気持ちいい。気持ちいい。寛くん、イッちゃう。イッちゃうイッちゃうイッちゃう。おおおっ、おおおおっ！」

「亜矢子さん、イク……」

「おおおっ！　おおおおおおおっ!!」

――びゅるるるっ！　どぴゅどぴゅどぴゅっ！

ロケット花火のように、天空高く精子が撃ちだされたような気がした。

寛は脳髄を真っ白にし、全身がペニスになったような快美感に打ちふるえる。

……ドクン、ドクン。

「ああ……はうっ、あん、うあ、うあああ……」

「亜矢子さん、気持ちいい……」

亜矢子も一緒に達したようだ。股間をピタリと密着させて射精の悦びに溺れれば、熟女もまた派手な痙攣でそれに応え、うっとりと両目を閉じた。

7

「ひ、寛くん、おちん×ん抜いて。そっとね……そっとよ……」

「えっ。あ、はい……」

……ちゅぽん。

「アン、いやあ……」

ようやくアクメの気持ちよさが一段落したときだ。

恥ずかしそうに亜矢子に言われ、寛はそろそろと膣から陰茎を抜く。

すると、媚肉に注ぎこんだザーメンがすぐさま膣穴から姿を現した。亜矢子はあわてて淫肉を手で押さえ、湯船から出ようとする。

「亜矢子さん……？」

「だ、だって……お湯に漏らすわけに、いかないでしょ……」

「えっ……」

言われてみればたしかにその通りだ。

朝になれば、またここはいつもと同じ通常営業である。それなのに、そんなことも考えず、我が物顔で中出し射精をしてしまった自分を寛は反省した。

（──っ。うわあ……）

だが、反省をしたのはほんのつかの間。

亜矢子を見るなり、寛はまたしても淫らな肉欲の虜《とりこ》になる。

「あ、亜矢子さん。ああ、エロい！」

「いやン、そんなこと言わないで。だって……だって……あああ……」

亜矢子はいそいそと洗い場の壁に近づき、和式便器にまたがる格好になって、膣に注がれたザーメンを床にぶちまけていた。

……ブチュ、ブチュブチュ。んっぷぅぅ。

「アン、いやン……恥ずかしい」

「おお、エロい。エロい、エロい！」

「いやあ、見ないで。しかたないの。ハァアン……」

それはまさに、品のない排尿シーンを見ているようなものだった。

大きなヒップが、見せつけるかのような大胆さでこちらに向けられている。しかも女陰から恥ずかしい音とともにあふれだしてくるのは、たった今、自分が注いだ精子である。

濃厚な練乳さながらの精液が、泡立ちながら、後から後から床へとしたたる。亜矢子は恥ずかしそうにしながらも、和式便器にまたがったような姿のまま尻と背中を向け、何度も踏んばり直しながら肉壺からザーメンを排出する。

「おお、亜矢子さん。だめ、たまらない！」

こんないやらしい姿を見せられては、ペニスを萎《しお》れさせておくのも無理というもの。それどころか陰茎はますますビンビンになって、またも天突く尖塔《せんとう》と化す。

「きゃああ。あぁン、寛くん……」

湯船から出るや亜矢子に駆けより、強引に立ちあがらせた。ふらつきながらさせるがままになった未亡人の股間からは、ザーメンの残滓《ざんし》がしたたりブラブラと揺れる。

「だ、だめです。まだやりたい、亜矢子さんとやりたい！」

「ハァアン、寛く――あああああっ」

――ズブズブズブッ！

美熟女の背中を壁に押しつけた。片足を抱えあげ、対面立位でひとつにつながる。ブチュチュウと、精液の残滓がペニスに押しだされてあふれだした。

挿入しただけで、またも亜矢子は達したようだ。

あうあうと顎をふるわせ、見られることを恥じらうように顔を振る。

そんな激しい動きのせいで、はらりと髪がほどけた。クルクルと流れた黒い髪が、乱れて美熟女の肩に張りつく。

「おお、亜矢子さん、亜矢子さん！」

——パンパンパン！　パンパンパンパン！

「うあああああ。ああ、寛くん、今イッたばかりなの！　今イッたばかりなのに、いあああ気持ちいい、気持ちいいぃうあああああ」

「はぁはぁ、はぁはぁはぁ」

亜矢子は白目を剝きかけた顔でアクメの余韻をむさぼっていた。そんな未亡人を強制的に、またも快感天国に引きずりこむ。

「あああああうあああうあああああ」

とうとう何かが弾けたかのようだった。たがはずれた雰囲気で、亜矢子はなにもかも忘れてケダモノそのもののあえぎ声をあげる。

「亜矢子さん、便所に踏んばる格好でオマ×コから精子ぶちまけてました」

亜矢子を寛は言葉で辱める。そんな寛の責めに、亜矢子は狂乱した。

「だって、だって、ああ気持ちいい！　寛くん、もっとエッチなこと言って。もっともっと、あああ気持ちいい」

(亜矢子さん！)

寛は怒濤の勢いで腰をしゃくり、ポルチオ性感帯に肉棒をたたきこむ。

亜矢子は「あああああ」と聞いたこともない声でよがり、狂ったように小顔を振って、ほどけた黒髪を振り乱す。

蜜壺も相当にいいのだろう。とろけるようなエクスタシーに喜悦して、狭隘な胎路が波打つ動きで蠢動する。

「亜矢子さん、いやらしかった。亜矢子さんがおしっこするときもあんな感じなのかって思ったよ」

「うああ。あああああ感じる、感じる、あああああ。おしっこしない、あんなかっこでおしっこしない、あああああ気持ちいい、気持ちいい」

「でも和式便器を使うときはするでしょ」

「いやっ、おしっこの話、興奮しちゃうあああ。あああああ」

「おお、亜矢子さん！」

——パンパンパンパンパンパンパンパンッ！

「あああああああ」

またしても最後の瞬間が近づいてきた。

寛は自分に残っているありったけの力でカクカクと激しく腰を振る。

亀頭はまたしても爆発寸前だ。膣ヒダと擦れあうたび、ブチュブチュとザーメン混じりのカウパーを熟女の膣壁に粘りつかせる。

（ああ、またイク！）

「おおう、おおおう。寛くん、またイグッ。わだじイグ！　イグイグイグイグうががががあああああ」

「亜矢子さん、俺も……」

「うおおおおっ！　うおおおおおおおおっ‼」

——びゅるるどぴどぴ！　どぴゅっ！　びゅぷぷぷっ！

またしても二人は、一緒にオルガスムスに突きぬけた。

見れば亜矢子は完全に白目を剝いている。

それどころか、なんと舌まで飛びださせ、強烈な快感にノックアウト状態だ。

ビクン、ビクンと派手に裸身を痙攣させ、湯のしずくがなくなりかけた裸身から玉のような汗をぶわりと一気に滲ませて汗まみれになっている。

「おお、亜矢子さん……」

寛はうっとりと熟女を見ながら、またもその膣に心ゆくまでザーメンを注ぎこんだ。

亜矢子はもう「見ないで」とは言わなかった。

そんな余裕は、もはやない。

「ああ……入って、来る……温かな……精液……いっぱい……いっぱい……」

「亜矢子さん……」

なおも裸身をふるわせつつ、うっとりと幸せそうに未亡人は言った。

自分が幸せであることを伝えるかのように、ザーメンを注がれる蜜肉が、ひときわ強めに、キュキュンと陰茎を絞りこんだ。

終章

「いらっしゃいませ！」

寛の元気な声がひびく。フロントに立った寛は、やってきた客の応対をしながら、隣に立つ知里と微笑みを交わした。

「ご予約の品川《しながわ》様。椿《つばき》の間ですね、ありがとうございます」

貸切個室を予約した家族連れの客だった。応対していた自分の客の入館手続きが終わると、知里はすぐさま椿の間のルームキーを取り、案内の準備を始める。

「よろしくね」

「うん」

手続きをすませ、小声で声をかけると、知里は満面の笑みで寛に応えた。

「どうぞ、ご案内いたします」

知里は家族連れに声をかけ、先に立って彼らを貸切個室に案内する。小さな子供二人が、嬉しそうにキャッキャとはしゃいで両親にまつわりついた。

寛は知里の後ろ姿を、微笑みながら見送った。

正式に会社を辞め、「あやの泉」で見習いとして働いていた。深夜の露天風呂で初めて亜矢子とひとつになれてから、三カ月ほどが経っている。

そろそろ敷地内の桜も、花を咲かせそうな時期である。

寛を迎えるにあたっては、まず三姉妹による姉妹会議が開かれた。

そしてその席で、亜矢子は妹たちに、寛との仲を正直に打ちあけた。

二人とも驚いたようだったが、すぐに祝福してくれた。

亜矢子も寛も特に心配だったのは知里だったが、彼女も友希と同様、笑顔で亜矢子の決断を祝ってくれたという。

後日、寛はあらためて友希にも知里にも挨拶をした。

友希にはさんざんからかわれ、知里からは心のこもった態度で「おめでとう、寛さん」と言ってもらえた。

彼女たちは彼女たちで前を向き、新たな人生に向かってすでに歩みはじめていた。

「今日も入ってくれてるわね、お客さん」

行列を作って手続きを待っていた客の流れが一段落すると、現れた友希が笑顔で話しかけてきた。

いつもの施術着姿。

凝った肩をほぐすかのように片手で肩を揉んで首を回している。

「ですね。ありがたいことです」

「ほんとに。これもみんな、寛くんのおかげね」

フロント受付台の裏に入ってきた友希は、そう言って白い歯をこぼした。修平とは、すでに離婚をしていた。

「いやいや、俺なんて、別になにも」

「またまた。ほんとは全部俺の手柄だとか思ってるくせに」

「わたた」

おどけた友希は、いきなり寛をヘッドロックする。

「お、思ってませんって、そんなこと。いたた、友希さん。痛いです」

「あははは。ほんとかなあ」

こんな風に手荒くいじられるのも、いつものことになっていた。

この人との内緒の思い出は、お互い本当に墓場まで持っていこうと話しあっている。

寛としては、洗いざらい本当のことを亜矢子に話したかったが、友希からは強硬に反対された。

言わぬが花ってことも、本当に世の中にはあるのよ、と。

「さあて、また仕事だ。あとで寛くんに肩でも揉んでもらおうかな」

「いいですよ。俺でよければなんなりと」

「うそ。寛くん、へたくそだから」

「ひどいなあ」

「あはは。じゃあね」

ひとしきり寛とじゃれあうと、友希は彼にサッと手を挙げ、リラクゼーションルームへと戻っていく。

「あっ……」

すると、そんな友希とすれ違い、向こうから亜矢子が歩いてきた。

(亜矢子)

すでに寛は、亜矢子を呼びすてにするようになっていた。

そんな暮らしが、寛は夢のようだった。

「ンフフ……」

(わあ……)

亜矢子と目があった。

寛や知里と同じく銭湯の制服である作務衣姿の美熟女は、幸せそうな笑顔になり、かわいく手を振ってくる。

それだけで、寛は溶けてしまいそうだ。

——幸せになろうね。

亜矢子とは、二人でそう誓いあっていた。

そう。幸せになるのだ。

このスーパー銭湯で、彼女と一緒に年輪をかさねながら。

「亜矢子」

寛は笑顔を返し、手を振った。

「寛」

一重の目が細い線のようになる。

亜矢子の朱唇から白い歯がこぼれた。


（了）

※本作品はフィクションです。作品内に登場する団体、
人物、地域等は実在のものとは関係ありません。

ほしがり銭湯三姉妹《せんとうさんしまい》
〈書き下ろし長編官能小説〉
2022年9月27日　初版第一刷発行

著者……………………………………………… 庵乃音人
ブックデザイン…………………橋元浩明(sowhat.Inc.)
発行人……………………………………………後藤明信
発行所…………………………………株式会社竹書房
〒102-0075　東京都千代田区三番町８－１
三番町東急ビル６F
email：info@takeshobo.co.jp
http://www.takeshobo.co.jp
印刷所…………………………中央精版印刷株式会社

定価はカバーに表示してあります。

竹書房ラブロマン文庫　近刊目録

※価格はすべて税込です。

好評既刊

長編官能小説
美母と美姉妹・誘惑の家
美野　晶　著

同居する母や姉妹は、俺と血が繋がっていなかった…！　家族だった美女に誘惑されて肉体を味わう背徳ロマン！

770円

長編官能小説〈新装版〉
めくって濡らして
北條拓人　著

美人三姉妹の経営する古本屋に居候する青年は夜ごとに誘惑されて快楽を味わう！　姉妹ハーレムロマンの傑作。

770円

長編官能小説
みだら家庭訪問　濡れる田舎妻
桜井真琴　著

山村の学校に赴任した青年教師は、家庭訪問に訪れた先で淫らな人妻たちから誘惑されて…!?　濃蜜地方エロス。

770円

長編官能小説
発情フェロモンの虜
北條拓人　著

欲情フェロモンを出す女性をもし感じ取れたら…!?　美女たちとの肉悦にふける青年を描いた、発情誘惑ロマン！

770円

好評既刊

長編官能小説
ゆうわく浴衣美女
河里一伸　著
老舗の温泉旅館で青年は浴衣美女たちの夜這いを受ける…！　浴衣から覗く美女たちの肉体を味わう誘惑エロス。
770円

長編官能小説
わけあり人妻マンション
鷹澤フブキ　著
マンション管理人の青年はわけあり人妻ばかりの入居者たちの心と肉体を淫らにケアする…。美熟ラブロマン！
770円

長編官能小説
牝啼き村
九坂久太郎　著
大学生の慶太は「女がイッてはいけない」という奇習の村で巫女を悦ばせ、古く淫らな因縁を解こうとするが…!?
770円

長編官能小説
肉欲の種付け商店街
美野　晶　著
童貞青年はふとしたことから商店街のむっちり人妻たちに誘惑され、めくるめく日々を送ることに…。肉悦ロマン。
770円

長編官能小説
女囚捜査官
―強制発情される肉体―
八神淳一　著
服役中の敏腕女捜査官は国家のため裏の仕事に就くが、囚われの身に落ち快楽肉拷問を受ける。淫ら凌辱ロマン。
770円